みんなのヒーロー

1

渋谷センター街近くのコインパーキングに車を停めた堂城駿真は、マスクを着けて、右側の運転席から降り、夜の渋谷の街を歩き出した。

以前はこんなマスクをしていても、駿真が繁華街をしばらく歩けば、通行人の誰かしらに気付かれたはずだ。でも今は、何十人とすれ違っても、誰もこちらを見ることはない。仮にマスクを外したところで、声をかけてくる人はいないだろう。

駿真が『ウルトラライダー竜王』の主演を務めたのは、もう十年も前のことだ。あの頃、駿真はたしかに、みんなのヒーローだった。外を歩けば保育園児や小学生の親子連れにしょっちゅうサインをねだられ、時には変身ポーズまでねだられたものだった。

ウルトラライダーといえば、初代から半世紀以上続く、特撮ヒーロードラマのシリーズだ。今も毎週日曜日の朝に放送されていて、子供と一緒に親も視聴することが多いため、出演俳優にとっては若い世代への認知度が一気に上がる作品だ。近年、ウルトラライダーシリーズの主演に抜擢されることは、若手俳優の出世コースになっている。駿真がウルトラライダー竜王の主演オーディションに合格した時は、事務所ぐるみで大喜びだった。実際、あれから数年間は、駿真は忙しい日々を送っていた。

だが、三十歳を過ぎた今、駿真のスケジュールはスカスカだ。休日の方がはるかに多い。十連休以上もざらにある。

たしかにウルトラライダーシリーズの主演は出世コースだ。でも、各ライダーの放送期間は一年間。つまり毎年一人、同じ肩書きのライバルが増えていくわけで、そんな俳優たちが全員売れっ子でいられるほど芸能界は甘くない。そして、駿真は見事に売れ残ってしまった。

ウルトラライダーで主演すると、「みなさまの放送協会」の略でおなじみの公共放送MHKの、朝の連続ドラマにも呼ばれるというのが定番の出世ルートなのだが、残念ながら駿真にはお呼びがかからなかった。今なお、駿真の肩書きを紹介する時に必ず「ウルトラライダー竜王で主演した堂城駿真さん」と呼ばれるのは、他に目立った実績がないからだ。

駿真はよく、感性で芝居をするタイプだと言われる。あまり自分の感性と合っていない役だと、なかなか演じるのが難しくなってしまう。ただ、感性で芝居をするといっても、泣くシーンで感情を爆発させて一気に涙を流せるとか、そういうわけでもない。泣くシーンでは目薬が必須だ。

それに、子供の頃から勉強は苦手だったので、台本の中に難しい言葉が入っているのも困る。ついでに滑舌もよくない。前に医療ドラマで若手医師の役を演じた時、初回でいきなり出てきた「腹腔鏡(ふくくうきょう)手術」という台詞(せりふ)にはひどく苦しめられた。「腹腔鏡」が難しい上に、それをどうにか言えたと思ったら「手術」がこれまた難しいのだ。あんなの、本物の医者でも言えない人は絶対いるだろう。そういう医者はきっと、省略するとか英語で言うとか、別の言い方をしているはずだ。だから僕も別の言い方をさせてください――なんてことを駿真のような若手俳優が撮影現場で言えるはずもなく、「腹きゅう鏡」「腹腔鏡ちゅ術」などと駿真が台詞を噛むたびにピリピリしていく現場で、二十回以上ＮＧを出したのは今でもトラウマだ。あのドラマで、回を追うごとに駿真の出番が減っていったのは、元々決まっていたのか、初回でＮＧを連発したせいで出番を減らされたのか、今となっては分からない。

　自分と合わない役がダメで、泣きのシーンでは目薬必須で、難しい台詞がダメで、滑舌も悪い。――まあ要するに、駿真は俳優としての実力があまりないのだということは自覚している。でも、自分に合っている役だとそれなりに褒められることもあるから、やっぱり下手だと認めたくない気持ちもある。

　それに、そんな駿真より明らかに下手なのに売れている役者がいるから納得できないのだ。こいつがこんなに売れているなら、俺にももう少し仕事が回ってきてもいいんじゃないか、と思うことはざらにある。それこそ、駿真の翌年に『ウルトラライダーＮＥＯ』で主演した黒川達貴(くろかわたつき)なんて、その最たるものだ。

嫉妬を抜きにして客観的に見て、黒川達貴の芝居は明らかに下手だ。その上、撮影現場での態度も悪い。一度共演したこともあるが、先輩俳優の駿真に対して「おざーす」と調子に乗った挨拶をしてきたし、「今日のケータリングしょぼいっすね」などとスタッフに聞こえるほどの声量で言っていた。さすがに駿真も注意しようかと思ったほどだ。まあ思っただけで、揉めたら面倒だから結局しなかったけど。

なのに黒川達貴は今、売れに売れている。CMなんて何本出ているか分からないほどだ。理由は二つ。顔が整っていることと、事務所が大手であることだ。男の駿真から見ても、黒川達貴は驚くほど顔が可愛らしく、とある女性誌の「彼氏にしたい俳優ランキング」では上位の常連で、去年は二位だったと記憶している。ちなみに駿真は、人気がピークだった頃、そのランキングの二十四位に入ったことが一度あるだけだ。

芝居が下手で態度が悪くても、顔がよくて大手事務所のごり押しが効けば、大成功できてしまうのが芸能界なのだ。それに対して駿真は、一般社会では文句なしのイケメンだけど芸能界にはざらにいる程度の顔だし、所属事務所のアモーレプロダクションは、中堅の中でもどちらかといえば小さめの、まさに中小事務所といったところだ。ごり押しが通用することはまずない。

駿真のファンの数も、間違いなく減っている。バレンタインデーに事務所に届く駿真宛てのチョコレートは、ウルトラライダーで主演していた頃は何十個もあったのが年々減り続け、去年と今年は一つだけだった。それも、チョコに添えられた『一生堂城さんのファンです。大好きです。応援してます！』といった内容の手紙の筆跡を見た限り、ここ二年の唯一のチョコの送り主は、たぶん同一人物だ。でも、わざわざ手作りチョコを事務所に送るファンが一人いるということは、きっと潜在的にはまだたくさんのファンがいるのだ。一人いるということは百人いるのだ――と、ゴキブリを一匹見たら百匹いる的な論理で、駿真は自分に言い聞かせている。

ただ、やはり将来のことを考えると、不安になってしまう。

現時点で、芸能界で再び勢いを取り戻すための策など、何一つ思いつかない。このまま、たまに入る仕事をこなしていくだけで、一生食いつないでいけるだろうか。最近来るオファーといったら、一話完結ドラマのゲスト役や、低予算映画の脇役といったものばかり。主演のオファーなんて何年も来ていない。しかも、与えられる台詞の量も減り続け、給料もそれに比例して減っている。二十代前半までは、たぶん同級生の平均の十倍は稼いでいたけど、今の駿真より稼いでいる同級生なんてざらにいるだろう。その同級生たちも、おそらく多くが、これから年齢とともに給料が上がっていくのだ。でも駿真はたぶん、今後さらに給料が減っていく。

別の仕事に就いたり、思い切って貯金をはたいて店を出したり……落ち目を迎えた芸能人の多くが、そうやって次の人生を切り開いていることも知っている。でも駿真には、そんなことをする自信もない。高校を中退し家出同然で上京し、ティッシュ配りのアルバイトをしていたところをスカウトされ、雑誌のモデルやドラマの端役などをこなすうちに、ウルトラライダー竜王の主演オーディションにぽんと合格してしまった。当時は下積みが短く済んだことを幸運だと思ったが、今思えばむしろ不運だったのかもしれない。芸能界以外の仕事の経験といえば、誰でもできる簡単なアルバイトばかり。下手したら駿真は、その辺の大学生より一般社会のことを知らないだろう。こんな自分が、店を出したり事業をおこしたりして成功できるとはとても思えない。芸能界で今後も生き抜く自信はないが、芸能界以外で生きていく自信はもっとないのだ。

そんな諸々の不安を忘れるには、これしかない——。

というわけで、駿真は渋谷の路地裏の、雑居ビルの地下一階にやってきた。そこに店を構えるのは、『BAR 旅人』という、一見普通のバーだ。

駿真は『BAR 旅人』に入り、店員に向けてマスクを外してみせる。顔を確認した店員が、無言でうなずいて奥の部屋に案内する。他の客がいたら、裏の通路まで自分で行く必要があったが、今日はバーに一般客はいなかった。

扉を開け、細い廊下を進み、もう一つ扉を開けると、むせかえるような草の香りが広がっていた。初めてやった時は不快に感じたが、今ではとても心地よい香りだ。
大麻だけが、今の駿真を安心に導いてくれるのだ。

大麻はいい。数分吸えば、頭の中がとろけるような感覚が巡って、今後の不安も溶かして流し去ってくれる。普段は自宅で吸うが、そろそろストックが切れそうだったので、いつもの『旅人』に買いに来た。そのついでに、普段吸っていない銘柄や新商品の葉っぱも、この試吸室で少し味わってみて、気に入ったらそれも買うというのが、今の駿真になくてはならない月に一、二回のストレス解消法だ。

もちろん、これがバレたら駿真は終わりだ。警察に逮捕され、堂城駿真容疑者としてニュースで報道され、事務所をクビになる可能性も十分ある。でも、かれこれ五年以上バレていないのだから、たぶん今後も大丈夫なはずだ。そう自分に言い聞かせている。
だいたい、大麻を全面禁止している日本が異常なのだ。今やそんな国は少数派で、外国も続々と大麻合法化に舵を切っていると聞いている。まあ、具体的にどの国で大麻を合法化したかということまでは、世界地図で場所と名前を正確に答えられる国が、日本と韓国と中国とアメリカとオーストラリアぐらいしかない駿真には、ちゃんと把握できていないのだが、とにかく日本も大麻を合法化してくれれば、堂々と吸えて助かると思っている人はたくさんいるだろう。駿真と同様に、まだ捕まっていないけど大麻を常用している芸能人は、一人や二人ではないと聞いたことがある。

今日もまさに、そんな先客がいた。薄暗い試吸室の隅に座っていたのでしばらく気付かなかったが、儚げに美しいショートヘアーの先客の女は、冬川理沙だった。

「やあ」

「久しぶり」

駿真と理沙は、軽く挨拶を交わした。

「最近、仕事どう？」

理沙が尋ねてきたので、駿真は苦笑して答える。

「絶好調だったらここには来ないよ」

「そうだよね」理沙は笑ってうなずいた。「私も、現実を忘れるために来た」

二人は同い年で、少女漫画が原作のラブコメディ映画でカップル役で共演したこともある。そもそも駿真に大麻を教えたのも、この店を教えたのも理沙だった。

そして現状も似ている。お互い二十代前半までは売れていたが、近年めっきり仕事が減り、今後の見通しも暗い。

すでに来店して吸引していただけあって、理沙はキマっているようだった。とろんとした目で、弛緩した笑顔をずっと浮かべている。駿真はふと思い立って誘ってみた。

「この後、久しぶりにどう？」

「ああ、今日はやめとく」理沙は小声で言った。「生理だから」

「ああ、そうか」

生理の日に大麻を吸うものなのかどうか、実際には分からない。単に今夜は断りたいだけかもしれない。

駿真と理沙はセックスフレンド、いわゆるセフレの関係が長らく続いている。駿真としては、当初はちゃんと恋人として付き合いたいと思っていたのだが、理沙にその気はないらしい。「私、結婚とか、一人の男と生涯添い遂げるとか、たぶん無理なんだよね」と自嘲気味に語っていたこともある。

というのも、理沙は子役出身で、幼少期から芸能界で搾取されてきた結果、一般人に備わっている感情が多少欠如してしまっているのだ。彼女の両親は元々勤労意欲が低かったらしいが、顔の整った娘に子役オーディションを受けさせることを思いつき、見事に受かってトントン拍子に出世した娘が大金を稼ぎ出すようになってからは、定職に就かず娘の搾取に徹するようになった。まだ労働環境がきちんと管理されていなかった時代の芸能界で、理沙は小学校低学年の頃から、長時間労働も深夜残業も当たり前に強いられていたらしい。本来、子役がそこまでひどい環境で働かされたら親が怒って訴え出るものだが、当の親がグルなら不正が明るみに出るはずもなかった。

しかも理沙の両親は、娘の稼いだ金でいくつかの事業に乗り出すも、ことごとく失敗したらしく、夫婦仲も最悪だったらしい。そんな恨みが原因で、今の理沙は両親と絶縁している。一方、駿真も暴力が当たり前の両親の元で育ち、成長してからは駿真も殴り返して報復するようになり、高校中退後に家出同然で上京して以来、実家とは断絶状態なので、理沙にはシンパシーを感じていた。

それもあって、何年か前までは理沙の正式な恋人になりたいと思っていたのだが、あまりしつこく口説いて嫌われるのは嫌なので、それ以上踏み込むのは自重したまま、セフレとしての関係を保ち続けている。理沙は、人の愛をあまり信じていなくても、おそらく世の女性の平均を上回るレベルでセックスが好きなので、駿真としては助かっている。それも大麻使用後のセックスというのは、特に女性側の快感がうんと増大するらしく、理沙がそれをたび欲してくれることが、駿真にとってはありがたい限りなのだ。

美人女優とセックスすることは、駿真が芸能界に入ってから、大金を稼ぐことと同率一位で目標にしていたことだ。女優の冬川理沙という、一般男性から見れば驚くほどの美人を抱けているのだから、その目標に関しては見事に達成できている。

もっとも、まだなんとか残っている貯金も、なんとなくつなぎ止められているセフレの理沙も、いつまで手元にあるかは分からない。このままでは、あと数年でどちらも失ってしまうのかもしれない――。そんな不安も、試吸室の紙巻き大麻を手に取って、しばらく吸っているうちにすうっと消えていった。これが大麻の醍醐味だ。

体質的に合わない人もいるらしいが、駿真には大麻がピタッときた。理沙は覚醒剤もやったことがあるらしいが、あれはとにかくハイになってしまって、しかも使用後の脱力感が凄まじいらしい。だから大麻の方が合っているのだという理沙の話を聞く限り、きっと自分も同じだろうと駿真は思っている。ハイになってぶっ飛びたいわけではない。むしろローになって落ち着いた状態のまま、見たくない未来のことを束の間でも忘れて癒やされたいのだ。

「あ～、いいわ～」

理沙が、実に気持ちよさそうな顔で声を上げながら、大麻の煙を吐き出した。駿真と見つめ合い、またとろんとした笑顔を見せる。

「やっぱり、この後どう?」

あわよくばと思って、駿真はもう一回誘ってみたが、理沙は首を振った。

「ああ、ごめん、言い訳とかじゃなくて、マジで生理だから。また今度ね」

「分かった……。しつこく言ってごめん」

駿真は気まずくなって頭を下げたが、理沙はニコニコしたまま首を振った。

その後は特に会話を交わすこともなく、二人で十分ほど葉っぱを楽しんだところで、理沙が席を立った。

「じゃ、またね」

理沙はハンドバッグを持って、駿真に手を振った。駿真も手を振り返し、一応忠告する。

「帰り、気を付けろよ」

「大丈夫、匂い消してタクシー乗るから」

理沙はそう言って試吸室を出て行った。足取りはしっかりしている。消臭して外に出て、すぐタクシーを捕まえれば、職務質問にも遭わないだろう。

2

しばらくして、駿真も帰ることにした。新商品もいくつか吸ってみたが、結局今まで通りの銘柄をまとめ買いする。

試吸室を出て、細い廊下にいた店員に「いつもの五箱」と小声で言うと、店員が無言でうなずいて向かいの小部屋の扉を開けた。二人で中に入り、店員が商品を紙袋に入れ、駿真が金を払ってそれを受け取る。「ありがとうございました」と店員が小声で言い、駿真は小さく会釈して店を出る。本来の業務であるバーの客からは、このやりとりは一切見られることはない。

店側も、駿真や理沙が芸能人だと気付いてはいるだろう。だが、日本では麻薬の使用より販売の方がはるかに重罪だから、店が警察や週刊誌にリークするはずがない。たまたま店にいる時に警察に踏み込まれたりしたら終わりだけど、月に一、二回しか訪れない店でそんな不運に遭うような心配をしていたらきりがない。

駿真はコインパーキングまで歩く。大麻使用後の運転は、飲酒運転以上に危険とされているようだが、駿真は特に危ないと思ったことはない。当然、今まで大麻使用後に事故を起こしたことはないし、これからも起こすわけにはいかない。そんな強い意識を持っているのだから、運転が荒いその辺のドライバーよりよっぽど安全だと自負している。

とはいえ、本当は『ＢＡＲ　旅人』への行き帰りは、タクシーに乗るのがベストだろう。でも正直なところ、駿真はそろそろタクシー代を気にするようになっている。理沙は運転免許を持っていないが、駿真は車を持っているので、自分で運転した方が安上がりになる。大麻に払う金はまだ惜しみたくないが、タクシー代は節約したい。今も売れっ子だったらそんなことは気にしなくていいのに、現状はこのざまだ。

かといって、さすがに電車には乗れない。今は顔を指されることも減ったが、礼儀知らずのクソ一般人に絡まれても逃げ場がないのが電車なのだ。売れ始めた頃に一度、サインを断ったのに「いいじゃん減るもんじゃないし～」と言いながら、車両を変えても追い回してきたババアに遭遇して以来、駿真は電車は使わないようにしている。タクシー代は節約したいが、さすがに電車に乗るほど落ちぶれてはいない。駿真はそう自分に言い聞かせている。

コインパーキングに着く前に、突然雨が降ってきた。慌てて走ったが、駐車料金を精算して車に乗り込んだ時には、服も靴もしっかり濡れてしまっていた。せっかく大麻でハッピーになっていたのに、これでは台無しだ。駿真は舌打ちしながら車を発進させた。

こんな場面でも運に見放されている。きっと俺の人生は、これから先もろくなことがないんだ——。ふいに不安が湧き上がってきた。最近は、大麻を使ってもハッピーが長続きしてくれない。もしかしたら耐性がついてしまっているのかもしれない。

雨がどんどん強くなっていく。真夜中の東京の、過剰に明るい街灯や看板が、無数の雨粒で乱反射する。ワイパーを速めないと前が見づらいが、速めたら速めたで、いつもより鬱陶しく感じる。ああ、くそ、なんで雨ぐらいでこんなにいらついてるんだ。自分がいらついていることに、さらにいらつく。こんなことなら、大麻が切れても我慢して家にこもっていた方が、まだましだった気さえしてくる。

山手通りから目黒通りを経て、住宅街に入る。もうすぐ家に着く。普段から静かな住宅街だが、こんな夜中で大雨となると、歩行者の姿も皆無で、東京とは思えないぐらいだ。

そんな、自宅マンションの数百メートル手前の、片側一車線、三十キロ制限の道を走っていた時だった。

衝撃があった。車体が、ぐん、ぐんと二度浮いた。

何か落下物でも踏んでしまったか。パンクでもしてなければいいけど——。駿真はブレーキを踏み、バックミラーを見た。

そこで息を呑んだ。

バックミラーに映った背後の路面に、何かが転がっている。

車道に横たわったそれは、見れば見るほど、倒れた人間にしか見えなかった。

まさか、そんな馬鹿な。頼む、間違いであってくれ——。駿真は祈るような気持ちで、サイドブレーキを引いてギアをニュートラルにした。ミラー越しではなく、この目ではっきり見ようと思って、運転席の窓を開け、顔を出して後ろを振り向いた。

しかし、間違いではなかった。

後ろに転がっていたのは、やはり人間だった。

黒っぽい長袖長ズボン。髪は薄く、雨に濡れた禿げ頭が鈍く光を反射している。たぶん中高年の男だろう。真夜中でも、街路灯の明かりでそこまで確認できてしまった。

駿真は、雨で濡れた顔を引っ込めて、すぐ窓を閉めた。心臓がばくばくと、全力疾走直後のような速さで鼓動している。

運転席から周囲を見回す。この道は普段から人通りが少ないし、雨の夜中だ。どこにも人の姿は見えない。車やバイクのライトも見えない。

周囲は閑静な住宅街。駿真の車に最も近い左側は、古い家のブロック塀で、幸運にもこちらから窓は見えない。右側はアパートだが、この夜中に明かりのついた窓はない。その他の家も、明かりのついた窓はほぼなく、誰かがこちらを見ている様子はない。さっきの衝撃音もブレーキ音も、そこまで大きくなかったはずだ。きっと雨音に紛れる程度だっただろう。

つまり、今の駿真のことなんて、誰も見ていない可能性が高い。――数秒のうちにそう判断して、駿真はギアをドライブに入れサイドブレーキを戻し、車を発進させた。

これで、ひき逃げをしてしまったことになる。

だが、この状況では、こうするしかなかった。

駿真はきちんと前を見て、制限速度も守って運転していた。なのに車体が急にぐん、ぐんと二度浮いたのだ。つまり、歩行中のあの男に衝突したなんてことはありえない。間違いなく、あの男が元々道に寝ていたのだ。彼はよりによって上下黒っぽい服装だったし、雨の夜で視界が悪かったから、駿真は彼が路上に寝ていることに気付けなかったのだ。

すぐ警察に通報して「人をひいてしまった。ただ自分は悪くない。彼をひいてしまうのは不可避だった」と、ありのままに伝えるのが、ドライバーとして本来すべきことだろう。

だが、そんなことは絶対にできない。

なぜなら、駿真は大麻を吸って運転しているからだ。

今の駿真の体内からは、間違いなく大麻の陽性反応が出る。車内にも買ってきた紙巻き大麻が五箱あるし、家には大麻の吸い殻もたっぷりある。もし今から一一〇番通報して、警察がそれらを全部見逃してくれればいいけど、たぶん警視庁はそこまでぼんくらではない。事故を起こした駿真の呼気や尿を検査するのか、それとも家宅捜索をするのか、あるいは駿真の今夜の行き先を詳しく調べるのか――とにかく何かしらの捜査で、駿真の大麻使用の事実はきっとバレてしまうだろう。となると、ひき逃げをするしかなかったのだ。

ほどなく、車は自宅マンションに着いた。駿真は駐車場に車を停め、買ってきた大麻の紙袋を持ってマンションに入り、エレベーターで六階の自室に向かいながら考える。

すでに罪は犯してしまった。これからとるべき最善策は何だろう――。熟考するうちに、一つの案に行き着いた。

まず今から、買ってきた新品の五箱を含め、家の中の大麻を全部捨て、今日までに吸った痕跡も完全に消す。

そして、ひき逃げに関しては「車で何か踏んだような気がしたけど、落下物か何かだと思った。まさか人だとは思わなかった」ということにする。今後、警察の捜査によって駿真のひき逃げがバレて、警察官が家に来て問い詰められたとしても、その説明で通す。

――たぶん、これでいくしかないだろう。

ひき逃げに関しては、これでも逮捕されてしまうのかもしれない。ただ、警察が来るまでに大麻の痕跡を家から完全に消し、大麻の陽性反応が体から出なくなるだけの時間が稼げれば、大麻の使用後に運転したことまではバレないはずだ。

もちろん本当に願うのは、ひき逃げもバレず、何のお咎めもなしで今後生きていけることだ。夜中でしかも雨が降っていたから、駿真は路上に寝ている男に気付かなかったのだが、この状況は裏を返せば、交通捜査泣かせでもあるはずだ。たしかこういう雨の日は、事故の痕跡が雨で流れてしまって捜査がしづらくなるのだ。前に出演した刑事ドラマに、そんなシーンがあったのを駿真は覚えていた。

大麻をもう吸えなくなるのは嫌だ。全部捨てれば、いずれ禁断症状が出るだろう。でも、もし警察が来てしまった場合に、部屋に大麻があるかないかで、駿真が芸能界で再起できる可能性は天と地ほど変わってくるはずだ。

大麻をすべて処分して、ただあの男を車でひいた罪だけに問われた場合は、「雨の夜中に被害者が路上で寝てたんじゃ、ひいちゃった方も気の毒だよね」という世間の同情も集まるだろう。罪に問われないか、問われても執行猶予がつく可能性は十分あるだろうし、多少の謹慎は避けられないにせよ、いずれ芸能界に復帰できる可能性も十分残るはずだ。

一方、大麻を吸った上で男をひいたことがバレた場合は、ひき逃げと大麻のダブルパンチで世間からの同情は皆無、それどころか芸能史に残る極悪俳優とみなされてしまうだろうし、実刑を食らう可能性もぐんと上がる。もちろん芸能界復帰なんて絶望的だ。

未練はあるが、大麻を捨てるしかない——。駿真は決心して、玄関に入ってすぐ、ゴミ袋を取り出した。

3

新品の大麻と、今日までに吸った大麻の灰はすべて、紙袋に入れてからゴミ袋に捨てた。ガラスパイプなどは使わず、もっぱら紙巻き大麻を吸っていたので、大麻関連のブツは全部可燃ゴミだった。大麻の葉の一欠片も見つからないように入念に掃除して、掃除で出た埃や、ゴミ箱に溜まっていた普通のゴミも一緒に袋に入れて、一見何の変哲もない可燃ゴミとしてまとめ、駿真はマンションのゴミ置き場に出しに行った。

このマンションは二十四時間ゴミ出しＯＫなので、曜日も時間も気にせず出せる。よほど分別ができていなかったりすると、管理人に袋を開けられてしまう可能性があるが、可燃ゴミ以外は何も入れず、分別はほぼ完璧なはずなので、中を開けられる心配はないだろう。しかも、ちょうど明日がこの地区の可燃ゴミの収集日だ。これでとりあえず、朝までに警察が来なければ、駿真が大麻をやっていた物的証拠は隠滅できるはずだ。

しかし、駿真にできるのは、ここまでにすぎない。ひき逃げがバレてしまうかどうかは、もう警察次第だから駿真の力はまったく及ばないし、大麻の陽性反応もしばらくは駿真の体から出てしまうだろう。

ゴミを出し終えた駿真は、一応ベッドに入ってはみたものの、全然寝付けなかった。まあ、いつ警察に捕まってもおかしくない重罪を犯してしまったのだから当然だ。

駿真がひいたあの男は死んだだろうか。たぶん死んだだろう。そもそも駿真がひいた時点で死んでいた可能性も十分にある。あれだけの雨の中で路上に寝ていたのだから、すでに死んでいたか、ひどく泥酔していたかのどちらかのはずだ。いずれにせよ、駿真は悪くない。

悪いのは彼自身、もしくは彼を最初にひいて逃げたドライバーだ。

そんな他人のために捕まって、堂城駿真容疑者として報道されるのは御免だ。しかも、よりによって堂城駿真は本名だ。デビューする際「本名が個性的だし響きもいい」という理由で、あえて本名のままデビューしたのだが、それは犯罪者になればリスクとして降りかかる。もし逮捕されて芸能界引退にまで追い込まれたら、そのあと人目を忍んで生きていくことも、芸名だった場合に比べて難しくなるだろう。そうなったら自殺でもするしかないのか。くそ、あんな奴のために——と、こうなったのは駿真が大麻をやっていたせいでもあるという事実は棚に上げて、被害者への恨み言と、今後のあらゆるネガティブな想像を頭に浮かべているうちに、とうとう一睡もできないまま夜が明けてしまった。

すると、あの現場の方向から、パトカーと救急車のサイレンが聞こえてきた。

たぶん、外が明るくなり、倒れた男が通行人に見つかって通報されたのだろう。もしかしたらひき逃げの一部始終が、現場周辺のどこかの防犯カメラに記録されていて、駿真が犯人だとすぐ分かってしまうのかもしれない。下手したらあと何時間かでこの部屋に警察が来てしまうのかもしれない。——不安が絶えずぶり返し続ける中、気付けばもう朝の七時になっていた。駿真は眠るのをあきらめて起床した。

それから駿真はひたすら、テレビやスマホでニュースをチェックし続けた。さすがに、さっきサイレンが聞こえたばかりなのに、そこまで短時間でニュースが流れるわけもなく、スマホを見ているうちにいつの間にか床で寝ていた。昼前になって硬い床の上ではっと目を覚まし、改めてスマホを見ると、『路上で男性の遺体発見、ひき逃げか　東京・目黒』という速報の見出しを見つけた。

　駿真は固唾を呑んで、その見出しをタップして記事の詳細を読んだ。

『十四日朝五時頃、東京都目黒区西目黒の住宅街で、新聞配達員の男性から「道路に人が倒れている」という一一〇番通報があった。警察官が現場に駆けつけたところ、高齢の男性が片側一車線の道路上に倒れており、現場で死亡が確認された。警視庁南目黒署は遺体の身元確認を進めるとともに、ひき逃げ事件の可能性もあるとみて捜査を進めている』

　やはりあの被害者は死んでいた。これでもう俺は、死亡ひき逃げ事件の犯人なのだ――。

　駿真はぞくっと寒気を覚えながら実感した。

　この日は午後から、ドラマの衣装合わせが入っていた。次のクールの夜十一時台に放送される『守護霊刑事』というドラマに出演するのだ。本当は推理力なんて皆無の主人公の若手刑事が、推理力抜群の祖母の守護霊に導かれて事件を解決するというコメディ刑事ドラマだ。主役やレギュラー出演者としてキャスティングしてもらえればありがたいのだが、残念ながら駿真は第三話のみのゲスト出演だ。とはいえ、こういう細かい仕事で食いつないでいるのが現状の駿真にとっては大事な仕事だ。

ただ、この日ばかりはさすがに集中できなかった。あのひき逃げがいつかバレてしまうのではないか。もしかしたらこの現場に警察が踏み込んでくるのではないか。――そんな思いで頭が満たされて、衣装合わせ中に上の空になってしまい、何度もスタッフから「よろしいですか？」とか「堂城さん、聞いてます？」なんて確認されてしまった。マネージャーの田渕さえ「堂城さん、何かあったんですか？　もっと集中してください」と注意されてしまったほどだ。二歳下の男性マネージャーの田渕は、新卒で入った直後はうやうやしく振る舞っていたのに、駿真が落ち目なのを察してか、最近は平気で小言を言ってくるようになった。もっとも、今回は間違いなく駿真に問題があったので、ぐうの音も出なかったが。

ついにはプロデューサーに「堂城さん、調子悪いんですか？」と心配そうに聞かれたので、「すいません、実は昨日から偏頭痛がひどくて」と嘘をついた。プロデューサーは「ああ、偏頭痛はつらいですよね」と同情を示してくれたが、本心では多少腹を立てていたかもしれない。態度が悪いと思われたら、ただでさえ少ない仕事がいっそう減ってしまう。気を付けなければいけない。

もっとも、のちに駿真が逮捕されたら、「ドラマの衣装合わせの時、堂城さんがずっと上の空でおかしいと思ったんですけど、あの時ひき逃げの直後だったみたいで……」なんて、今日のスタッフが首から下だけ映った状態で、報道のカメラの前で証言してしまうのかもしれないけど。

ほどなく衣装合わせが終わり、今日の仕事はこれだけだったので、駿真はすぐ帰宅した。マンションに着いてゴミ置き場を覗(のぞ)くと、駿真が出した袋を含め、可燃ゴミはすべて回収されていた。とりあえず大麻使用の物的証拠隠滅には成功したはずだ。

だが、より心配なのはひき逃げの方だ。駿真は自室に入り、すぐスマホでニュースをチェックした。すると続報が出ていた。

『東京都目黒区西目黒の住宅街で、路上に倒れていた男性が車にひかれて死亡していた事件で、被害者の身元が、近所に住む無職の七十二歳男性だと判明した。男性は前日夜から複数の店で飲酒していたとみられる。また、昼頃になって「昨夜人をひいたかもしれない」と、大田区に住む三十五歳の男性会社員が交番に出頭した。警視庁南目黒署は出頭した男性から事情を聞くとともに、遺体の状況などから、酒に酔って寝ていた被害者の男性が複数の車にひかれて死亡した可能性が高いとみて、引き続き捜査を進めている』

だいぶ事態が進行していた。被害者の爺さんは酔って寝ていたらしい。死んで当然だ。迷惑にもほどがある。駿真はつくづく思った。

一方、出頭した三十五歳の男性会社員とやらがキーマンとなってくるだろう。駿真は正直、現場から走り去ったのに警察に出頭した理由がさっぱり理解できなかった。逃げ切れる可能性に賭ければいいのに、よほど小心者なのか、それとも馬鹿正直なのか。いずれにせよ、この三十五歳男性がひき逃げの罪を一人で背負ってくれたら大助かりだ。

ただ、記事の最後に「複数の車にひかれて死亡した可能性が高いとみて、引き続き捜査を進めている」と書いてあるのだから、彼の出頭で捜査が終わってくれる可能性は低いだろう。警察はまだまだ、彼以外に爺さんをひいた犯人を探すに違いない。それが何人いるのかは分からないが、うち一人が駿真なのだ。

そういえば、ひき逃げの時効というのは何年ぐらいなのだろう。駿真はふと気になって、スマホで調べてみた。すると、まず「ひき逃げ罪」という罪はなく、該当するとしたら「救護義務違反」と、「過失運転致死罪」または「危険運転致死罪」になりそうだということが分かった。過失運転致死の時効は十年、危険運転致死は倍の二十年もあるらしい。

駿真は法律に詳しくはないが、大麻を吸って車を運転したのだから、危険運転の方に該当してしまうのだろうか。となると、あと二十年も逮捕に怯(おび)えて生きなければいけないのか。十年だったらまだしも……と思いかけて、いやいや十年でも十分長いよな、と思い直した。

ただ、よく考えたら、駿真が大麻を吸って運転したことがバレるという状況は、あるとすればごく近い時期のはずだ。たとえば十年以上経ってから「あの事故の時、あなたは大麻を吸ってましたね」と警察にバレるなんてことはありえないだろう。

駿真が大麻を吸った物的証拠は、ゴミに出して全部隠滅できた。ということは、駿真の体内からも陽性反応が出なくなったら、駿真が危険運転致死罪に問われる可能性は消えるのではないか。じゃ、その大麻の陽性反応というのはどれぐらいの期間出るのだろう——。駿真はまたスマホで調べてみた。

そこで駿真は、思わぬ事実を知ってしまった。

髪の毛からは、大麻の使用をやめてからも三ヶ月ほどは、反応が出てしまうらしいのだ。

駿真の髪型は、イケメン俳優としてデビューして以来ずっと、日本人男性の平均よりは長めをキープしている。この髪型では、三ヶ月は警察に大麻を検出され放題というわけだ。となれば、今すぐ坊主にしちゃえばいいんじゃないか……なんて一瞬思ったけど、そんなことが許されるはずがない。この髪型でドラマの衣装合わせをして、この外見のイメージで撮影の準備が進んでいるのだから、急に坊主にしたら「堂城さん、あんた何考えてるんですか！」と、ドラマスタッフにも事務所スタッフにも怒られるに決まっている。下手したら「衣装合わせの後で無断で坊主にするなんて、堂城どうかしてるだろ。もしかしてあいつ、クスリでもやってるんじゃないか？」と、むしろこの奇行をきっかけに薬物使用を疑われてしまうかもしれない。

とにかく、手持ちの大麻を全部捨てたからって、少なくともあと三ヶ月は全然安心できないのだ。ああ、どうせ三ヶ月も不安に苛まれるなら、あの大麻もすぐ捨てないで、もう少し吸えばよかった——なんて不埒なことまで考えてしまった。もちろん、未練がましく吸うほど、大麻が警察にバレる期間が延びるだけだから、その考え方は絶対間違っているけど。

4

それからも駿真は、警察の影に怯える日々を過ごした。

一度、所属事務所のアモーレプロダクションに行く用事があって、副社長の鏑木優子と顔を合わせた際、「堂城君、家の近所でひき逃げがあったらしいけど知ってる？」と声をかけられた時は「あ、なんか、そうらしいですね」と、つい声をうわずらせてしまった。副社長の鏑木優子は、駿真のマンションの近くに住んでいて、二回ほどコンビニでばったり顔を合わせたこともある。まさか犯人が駿真だと知られているはずはないと分かっていても、その話題を出されたら動揺してしまった。

一方、ドラマの台本を受け取り、本読みを行い、駿真がゲスト出演する『守護霊刑事』のスケジュールは進んでいった。全十話のドラマの第三話に出演する駿真は、一応その回においては準主役級で、「一見犯人のようだけど実は違う」という、その回の鍵を握る重要な役だった。

でも、実際の駿真は「一見普通の俳優だけど実はひき逃げ犯」なのだ。なんと皮肉な状況だろう。もちろんそんなことは駿真以外誰も知らないし、決して悟られてはいけない。そう意識しながら撮影本番に入り、与えられた役を台本通りにカメラの前で演じていった。

すると、撮影初日に、駿真はベテランの監督から言われた。

「いや〜堂城君、腹に一物ありそうないい演技だよ〜。その調子でお願いね」

本当に腹に一物あるのが芝居に表れたのだろうか。久しぶりにスタッフから演技を褒められた。駿真は「あ……ありがとうございます」と笑顔で応じながら、もし逮捕されたらそんな好演も全部お蔵入りになっちゃうんだよな、と思った。

一週間ほどで、駿真の出演回の撮影は終わった。その間、あのひき逃げ事件のニュースは欠かさずチェックしていたが、続報は見当たらなかった。出頭した三十五歳の男性とやらは、あの後どうなったのか。ひき逃げした他の犯人の目星はついたのか。たぶん百回以上検索したけど出てこなかった。

あの夜は雨が降っていたから、タイヤ痕なども検出しづらかったんじゃないか。だから、出頭したあの三十五歳男性がひいたと断定できるだけの証拠も出てこなくて、逮捕には至らなかったんじゃないか。となると、駿真もこのままバレないんじゃないか——。自分に都合のいい想像をしてみたものの、しょせんは素人の想像にすぎない。本当に安心することなどできなかった。

警察の捜査が実際どのように進んでいるかなんて、駿真に知る術はない。ただ、警察というのは、捜査対象者には一切気付かれないうちに証拠を固め、ある日突然逮捕しに来るのだと聞いたことがある。となると、もう大丈夫だろうと思った時に、突然警察がやってくるのかもしれない——。そんな心配は尽きなかった。

逮捕される夢も何度も見た。家にいる時、ドラマの撮影をしている時、コンビニに立ち寄った時……様々な場面で、刑事に「堂城駿真だな」と声をかけられる夢だ。刑事が一人だったり、大勢だったり、駿真がうなだれて手錠をかけられたり、慌てて逃げようとして「待てっ」と後ろから組み伏せられたり。シチュエーションは少しずつ違ったが、夢の中の駿真は毎回、それを夢だと認識することなく全力で焦り、目覚めた時にはじっとりと寝汗をかいていた。そして「夢でよかった」と一瞬ほっとした後、「でも逮捕を恐れる日々はこれからもずっと続くんだよな」と自覚して、憂鬱になるのだった。

駿真は次第に、警察に出頭した三十五歳男性の気持ちが分かるようになっていた。当初は全然理解できなかったが、ひき逃げをしてしまったような覚えがあって、いつ警察が来るか分からなくて怯え続けるというのは、精神的にとてもこたえるのだと、時が経つにつれ実感できてしまった。もちろん、本当に出頭なんてすれば、もっと後悔するに決まっているので、実行はしなかったけど。

5

それでも、駿真のもとに警察が来ることはなく、ひき逃げをしてしまったあの日から、気付けば一ヶ月が過ぎていた。

仕事のスケジュールは相変わらずスカスカだった。ドラマの撮影以降は、男性ファッション誌のモデルの仕事が一件あったのと、低予算映画の四、五番手程度のオファーが来て、打ち合わせをしただけ。はっきり言ってほぼ休みだった。CMにたくさん出ているような俳優なら、これだけ休んでも金の心配なんてしなくていいけど、駿真は人気がピークだった頃に小さなスポンサーのCMに三本出たことがあるだけで、もちろん今は全部契約が切れている。そんな俳優は、スケジュールに比例して財布の中身もすぐスカスカになっていくので、今はかつての貯金を取り崩す日々だ。

「このまま俳優としてやっていけるのか」という不安がつきまとうのは相変わらずで、その上に「警察が来たらどうしよう」という不安まで追加されてしまった。今までだったら、こんな不安を打ち消すために大麻を吸っていたのに、もう全部捨ててしまった。また買いに行きたい気持ちも山々だったけど、もしそのタイミングで警察がひき逃げの捜査で家に来たら、大麻使用後にひき逃げしたことまで全部バレて、一気に罪が重くなってしまうかもしれない。そう考えると、やっぱり今から大麻を買う勇気は出なかった。

大麻を買わなければ、その分の金が減らないという当たり前の法則に久々に気付いたのは悪くなかったが、大麻の代わりに酒で不安をごまかすようになって、おつまみとしてコンビニで買ったミックスナッツとチーズ鱈が思いのほか美味くてハマった結果、たぶん少し太ってしまった。ルックスが最大の売りである駿真が太ったら、ますます仕事が減ってしまう。仕方なく肥満防止のため家で筋トレに励んだ。家に唯一ある筋トレグッズ、七キロのダンベルを、ほぼ物置と化している衣装部屋から引っ張り出してきて両手に持ち、上げたり下ろしたり、あとは腹筋運動をしたり——なんてやっているうちに、俺がこんな鱈の無駄殺しとカロリーの無駄減らしをしている間にも、次の仕事に向けて稽古してる役者はたくさんいるんだろうな、俺はもう役者として終わりなのかな、という不安がまた湧いてきてしまう。それをごまかすためにまた酒を飲んで、おつまみのミックスナッツとチーズ鱈がやっぱり美味くて食べすぎて……と、非生産的にもほどがあるループを繰り返してしまった。

今住んでいる、家賃二十万円弱のマンションも、そろそろ引っ越さなければいけないかもしれない。ウルトラライダー主演のギャラが一気に入った頃に引っ越して、数年は余裕で払えた家賃も、今は高すぎるし、赤字の月もざらにある。そもそも一人で住むには広すぎる。少し前までは、いつかここで冬川理沙と同棲する日も来るんじゃないかと思っていたから、多少無理して広い部屋に住んでいた部分もあったけど、理沙は駿真との間にセフレ以上の関係を望んではくれなそうだ。ああ、そういえばもう一ヶ月以上、理沙とセックスしていない。ひき逃げ後の動揺のせいで、性欲は心の外に追いやられてしまっていた。そろそろまた理沙に連絡してみようかな。

——なんて思っていた、ある金曜日のことだった。

コンビニに行った帰りに、駿真は自宅マンションの少し手前の路上で、背後から声をかけられた。女の声だった。

「すいません、堂城駿真さんですよね？」

一瞬、まさか警察かと怯えながら振り向いたが、そこにいたのは同年代の女一人だけだったので、警察ではないとすぐ判断できた。警察が容疑者を特定して声をかける時は、少なくとも二人組で、その周りには逃走防止のためにさらに何人もの刑事が控えている——ということは、逮捕を恐れて暮らしている間にネットで調べていた。

ファンに声をかけられること自体、駿真にとってかなり久しぶりだった。しかも相手が若い女というのは、本来なら多少テンションが上がる出来事でもある。でも、その女では駿真のテンションは上がらなかった。

なぜなら、今の時代には口にするのも憚られる言葉だが……その女は、デブで不細工だったからだ。

それも、ちょっとやそっとの太り方ではない。相当太っている。身長も女にしては高く、たぶん百六十センチ台半ばぐらいだろう。百七十三センチの駿真が少し見下ろす程度だ。この身長でこれだけ太っているということは、体重は百キロを超えているかもしれない。大相撲の力士が髷をほどいて女装したようにすら見える。細くて小さな目と団子鼻も相まって、駿真は元横綱の朝青龍を思い出した。

そんな女が、ピンクと白のストライプのブラウスを着て、黒のフレアスカートを穿いているのは、少しでも細く見せようとしているのかもしれないが、そんな視覚トリックで隠せるレベルの太り方ではない。この肥満体をストライプと黒でごまかそうだなんて、まさに焼け石に水、糞尿にファブリーズだ。

とはいえ、落ち目の俳優である駿真は、どんなファンでも邪険にすべきでないという自覚はある。駿真は作り笑顔を浮かべ「あ、どうも」と応対した。

「私、昔から堂城さんの大ファンなんです～」太った女はなおも言った。

「本当ですか、ありがとうございます」駿真は作り笑顔で頭を下げる。

「ところで堂城さん……」

その女は、周りを見回した後で、駿真に歩み寄り、笑顔のまま声を落とした。

「ひき逃げの件は、大丈夫そうですね」

心臓が止まるかと思った。いや、実際に何秒か止まったかもしれない。

そんな馬鹿な。この女は、あの事件を知っているというのか――。駿真はパニックになった。何も言葉を返すことができず、ただ目を見開いて立ち尽くすしかなかった。

すると女は、微笑みを浮かべたまま、言葉を続けた。

「誰にも見られてないと思ってましたよね？　まあ、そう思っても無理はないです」

そう言って彼女は、いかにも安物のハンドバッグの中からスマホを取り出した。そして、丸々と肥えた指で画面を操作してから、駿真にも見せてきた。

その画面で再生された動画を見て、駿真は血の気が引いた――。

雨が降る夜の路上に、車が一台、右向きに停まっている。右ハンドルではあるが一応高級外車の部類に入る、駿真の車だ。

画面が運転席にズームすると、窓から駿真が顔を出し、後ろを向いているところがはっきり映っている。

駿真はすぐに顔を引っ込めて、パワーウインドウを閉じる。運転席で周囲を見回し、車を発進させる。車は画面右方向へ走り去っていく。——その様子は、夜の闇の中、無数の雨粒で遮（さえぎ）られても、街灯で照らされ、間違いなく駿真だと確認できるほどの画質で映っていた。続いてカメラは、先ほど駿真の車が停まっていた地点の後方の道路を映した。そこには、頭の禿げた老人が倒れているのがはっきりと映っている。

そこで「うそ、そんな……」と、動画に小さな声が入った。女の声のようだったが、この太った女の声かどうかまでは、駿真には判別できなかった。ほどなく画面が大きくぶれ、動画は終わった。おそらく十何秒かの動画だったが、駿真には数分にも感じられた。

茫然と佇（たたず）む駿真に、女が微笑みながら、憐（あわ）れむような口調で言った。

「すごいですよね、今のスマホのカメラって。こんなにばっちり撮れちゃうんだから」

まさにその通りだった。駿真のひき逃げの瞬間をとらえた動画が、彼女のスマホに、ばっちり保存されてしまっていた。

「とりあえず、続きのお話は、堂城さんのお部屋でさせてもらえませんか。内容的に、他の人に聞かれるとまずいと思うので」

女が、駿真の住む八階建てのマンションを指し示しながら言った。駿真は頭の中が真っ白になったまま、うなずくことしかできなかった。

「目的は何だ？　金か？」

二人でマンションのエレベーターに入ってすぐ、駿真は尋ねた。

「いえ、違います」女は首を横に振った。

「じゃあ何だよ、なんであんな動画持ってるんだ？」

駿真は詰め寄ろうとしたが、女は諭すようにささやいた。

「誰か乗ってくるかもしれないし、エレベーターのカメラで、声まで録れちゃってるかもしれないですから……」

女は静かに、エレベーターの天井の防犯カメラを指差した。駿真はそれっきり黙るしかなかった。冷静な女に対し、駿真の方が情けなく動揺してしまっている。

できることなら、こんな正体不明の女を部屋に入れたくはない。何者なのか見当もつかないが、警察の人間でないことは確かだ。警察だったら、あんな証拠映像を入手した時点で、大人数で駿真を逮捕しに来るはずだ。

しかし、さらに不気味なのが、女は警察でもないのに、駿真の住所を知っていたということだ。女はマンションのすぐ手前で話しかけてきたし、さっき「続きのお話は、堂城さんのお部屋でさせてもらえませんか」と、マンションを指しながら言った。駿真の住所を知った上で待ち伏せていたのは間違いなさそうだ。

あの動画をネタに恐喝でもするのなら、まだ目的が分かる。でも女は金が目的ではないと言った。となると、ますます女の正体が分からない。最初に話しかける時に「ファンです」などと言ってきたが、そんなのは駿真に接触するための口実だろう。女は何らかの経緯で、駿真の事故の瞬間をとらえたあの動画を入手して、金以外の何かを要求するつもりなのだ。でもそれが何なのか見当もつかない。

エレベーターが、駿真の部屋がある六階に着いた。外の廊下などで話せば、同じフロアの住人に話を聞かれてしまうかもしれない。本意ではなかったが、女の要求通り、部屋に招き入れるしかなかった。駿真は玄関ドアを開ける。

「どうぞ」

「お邪魔します」

駿真は女を部屋に入れてドアを閉めた。少し迷ったが、鍵はかけないでおいた。女が暴れたり凶器を取り出したりして、一刻を争って逃げるような事態になるかもしれない。

できれば室内にまで入れたくないので、玄関で話そうかとも思ったが、やはり声が外に漏れたら同じフロアの住人に聞かれかねない。結局、駿真はまた「どうぞ」と廊下の奥を指し示し、女をリビングまで上げた。女は、くたびれたパンプスを揃えて脱いでから「失礼します」と小声で言って、駿真に続いてリビングに入ってきた。重い足音がどすどすと響く。

「わあ、素敵なお部屋」

女が微笑みながら言った。その笑みもかえって不気味だった。

「えっと、何から話しましょうね……。まだ堂城さんにとっては、私が何者なのか謎すぎますもんね。何から聞きたいですか？」

女が微笑んだまま質問してきた。駿真は、急に選択肢を与えられて戸惑いながらも、正直に答えた。

「そりゃ……まず、あんたが何者で、目的が何なのか……」

「ああ、私の目的は、ちょっと最後ということで」女が言った。

お前が「何から聞きたいですか？」って質問してきたんだろ、順番が決まってるならさっさと話せよ豚女——なんて罵(ののし)るのは心の中だけにした。女の機嫌を損ねるのは、たぶん得策ではない。駿真にもそれぐらいは分かった。

「でも、私が何者なのか、まず自己紹介はしなきゃいけないですよね。すみません」

女はぺこりと頭を下げると、ハンドバッグの中から財布を取り出しながら名乗った。

「私、山路鞠子と申します。事務職の派遣社員として働いてます。……はい、この通り」

女は財布からマイナンバーカードを取り出した。丸々太った彼女の写真の上に、たしかに山路鞠子と名前が書いてある。鞠子と名付けた親は、娘が将来丸々と太って鞠のような顔になり、見事に名が体を表すことまで予想していたのだろうか——なんて考えている場合ではない。とりあえず、彼女が早々に個人情報を教えてきたのは意外だった。

ただ、もしかしたらこのカードだって偽造したのかもしれない。これだけでは彼女を信用できない。駿真がなおも警戒する中、彼女は住所欄を指し示して言った。

「で、私の住所は、この『ナカムラハイツ』っていう、ここから徒歩五分ぐらいのアパートなんですけど……ちょうど、堂城さんがあの事故を起こした現場の真ん前なんです」

「えっ……」駿真は思わず息を呑んだ。

「さっきお見せした動画は、私の部屋から撮ったんです」

「そういうことか……」

そういえばあの夜、男を車でひいてしまったことを確認した後、運転席から周囲を見回した際に、右側にアパートがあったのを思い出した。ざっと見回して、明かりのついた部屋からこちらを見ている人の姿はなかったから、誰にも見られていないだろうと判断してすぐ車を発進させたのだが、明かりのついていない部屋から撮影されていたなんて思わなかった。でも、よく考えたら、夜間に外の様子を見るには、明るい部屋より暗い部屋からの方が見やすいはずだ。駿真にも経験があることなのに、そんな当たり前のことにすら気付かなかった自分を恥じた。

「あの夜、すごい雨が降ってて、私なかなか寝付けなかったんですね。そんな時に窓の外から、ドンッていう鈍い音がして、ベッドから外を見たら、あんなことになってて……。思わず私、スマホで動画を撮っちゃったんです」

とりあえず、あの動画の撮影者は、この山路鞠子という女自身なのだと分かった。動画に微かに入っていた女の声も、やはり鞠子の声だったのだろう。

「警察にあの事故を調べられて、堂城さんが捕まっちゃったら、そこで終わりだと思ってましたけど……なんか、このまま大丈夫そうですよね」鞠子は微笑みを浮かべて語る。「まあ、堂城さんのひき逃げの瞬間を見てたのは、私だけだったんでしょうね。夜中のあの時間に、雨が降る中であの物音まで聞こえたのは、現場の真ん前のうちのアパートぐらいだったと思うし、しかもうちのアパートの一階からは、前の道は植え込みの陰になって見えづらいから、ちゃんと見えるのは私が住んでる二階だけなんです。で、二階は私の部屋を含めて三部屋あるんですけど、残り二つのうち一つは、住人の方が夜勤をされてるみたいで、あの日も翌朝に帰ってきてましたし、もう一つは二ヶ月ぐらい前から空き部屋なんです」

　鞠子は、徐々に興奮気味な早口になりながら語った。

「あと、あの現場を直接映してる防犯カメラはなかったみたいで、あそこから百メートルとか二百メートルとか、それぐらい離れてるところにしかないんですって。だから、たぶんそのカメラと現場の位置関係的に、仮にそのカメラに堂城さんの車が映ってたとしても、被害者をひいたと断定まではできないんだと思います」

　こいつ、俺が知らない情報まで、なんでこんなに知ってるんだ——と駿真が思ったのを察したようで、鞠子はぱっと駿真を見つめた。

「なんでそんなことまで知ってるのかって思いましたよね？　私、ネットで色々調べたし、聞き込みもしたんです。うふふふ」

　鞠子が、脂肪でたぷたぷの頰を震わせて笑ってから、早口で説明する。

「夕方頃にあの辺で、いかにも噂好きそうなおばさんたちが事故現場の方を見てお喋りしてたから、何か知ってるかな～と思って話しかけたら、案の定どんどん喋ってくれました。そんな情報も、これからまだまだ出てきますからね。うふふふ」

　不気味な笑い方と、この状況を楽しんでいるかのような口ぶり。駿真は戸惑いながらも、ただ聞くことしかできない。

「堂城さんも、やっぱりひき逃げしちゃった以上、あの件のニュースはずっとチェックしてましたよね？　あのお爺さんをひいた車は何台かあったらしいですけど、正直に出頭した人が一人いたのは知ってましたか？」

「あ……ああ」

ネットニュースに載っていた三十五歳男性のことだろう。駿真は正直にうなずいた。

すると鞠子は、また熱っぽく語り出した。

「あの人は結局、逮捕とかはされなかったみたいですよ。ていうのも、亡くなったお爺さんは、ベロベロに酔って路上に寝てたところを何台もの車にひかれたみたいで、出頭したあの人がひいたかもしれないっていう時刻は、お爺さんの死亡推定時刻より全然後だったんですって。つまり、雨の夜中に黒っぽい服で転がってた死体を、気付かずにひいただけだから、罪に問うのは酷だろうってことになったみたいです。――うふふ、すごい詳しいでしょ？　さっき言った、お喋りなおばさんたちの中の一人が、出頭した男性の知り合いの知り合いとかだったらしくて、それで詳しく教えてもらえたんですよ」

ご丁寧に情報源まで明かした後、なおも鞠子は語る。

「まあ結局、被害者のお爺さんが一番悪いんですよね。あのお爺さん、昔はこの近所で、料理人として店を出してたらしいんですけど、その頃から飲んだくれで、家族にもご近所にも迷惑かけてたみたいです。酔っ払って路上で寝て車にひかれそうになったことが前にもあったらしいし、店がつぶれたのも、接客中に飲んでお客さんに絡んじゃうようなことがあって、お客さんが離れちゃったせいらしいです。被害者の奥さんは正直ほっとしてるんじゃないか、なんておばさんたちは言ってましたよ。もうこれで旦那に苦労させられることもないからって。だから、堂城さんも気に病むことはありませんよ」

　鞠子はさっきから、駿真を擁護するようなことを言ってくる。もしかして味方なのか——。困惑とわずかな希望で駿真の頭が混沌とする中、鞠子はさらに語る。

「それに、これはあくまでもネットの情報ですけど、あの手の、路上で被害者が寝てたタイプのひき逃げは、被害者に明らかな落ち度があるから、警察も正直あんまり真剣に捜査しないらしいですよ。あとね、衝突事故の場合は、車の塗料のかけらの、塗膜片（とまくへん）っていうのが現場に残るらしいんですけど、堂城さんを含めて、あのお爺さんをひいた車はみんな、車体がぶつかったわけじゃなくてタイヤでひいただけだから、現場にも車にも証拠は残らなかったんだと思います。だからきっと、このまま完全犯罪にできますよ」

　鞠子は、駿真を励ますように言った後で、ふいに笑顔を消して言い添えた。

「ただ、私があの動画を隠し続ければ、という話ですけどね。私が動画を警察に持って行ったら、堂城さんは終わりなんです」

ああ、やっぱり脅すつもりなのか。ここからいよいよ脅迫が始まるのか——。駿真は身構えた。

「で、いよいよここからが大事なお話です。まず、お伝えしておくことがあります」

鞠子がすうっと息を吸った。駿真が固唾を呑んで待っていると、鞠子は太った頰を紅潮させて言った。

「私、ずっと前から、堂城さんの大ファンなんです！」

「……えっ？」

駿真は困惑しながら聞き返した。外で声をかけてきた時、最初にそんなことを言っていたが、話しかけるための口実だったのだろうと思っていたのだ。

「いや、大ファンどころじゃありません……。大大大、大大大大ファンなんです！」

鞠子は陶酔したような目つきで、声を裏返した。そして一気に語った。

「そもそも、あのひき逃げの現場の前のアパートを借りたのも、堂城さんの近くに住みたかったからです。ごめんなさい、私、ネットの目撃情報とか色々調べて、堂城さんが目黒区のこの辺に住んでるっぽいって知って、休みの日に張り込んでるうちに、堂城さんがコンビニに入っていくのを見つけて、後をつけてこのマンションも知ってたんです。それで、ついに二年前、こっちに引っ越してきて……ああ、やだ、恥ずかしい。引きますよね？　だって完全にストーカーですもんね」

　鞠子は、太った頬をどんどん赤くして、手で顔をあおぎながら照れたような笑みを浮かべた。それとは対照的に、駿真の背中には寒気が走った。

「この辺って家賃が高いから、私の給料じゃ生活もカツカツでしたけど、堂城さんを時々見られるってだけで全然耐えられたんです。あ、そもそも私が堂城さんのファンになったのは、私が大学時代、たまたま日曜日に早起きして見た『ウルトラライダー竜王』だったんですけど、初めて見た時に私の体に稲妻が走ったんです！　なんて格好いいんだろう、私の理想の男性の要素を全部集めたような人だと思ったんです。それから私、竜王は毎週ビデオに撮って何度も見ましたし、そのあと堂城さんが出た作品も全部見ました。本当に一つも見逃してません。竜王の次が、『今宵キスしていいですか？』の渚恭平役で、そのあと『ネオ・ドクター』の若手医師の富田健吾役で、その頃からバイク帝のCMもやってましたよね。私、今のCMよりも堂城さんがやってたCMが一番好きでした。『♪中古バイク売るならイエス、バイク帝！』っていう、あのダンスがすごいキレキレで……」

「あ、あの、ちょっと……」

　駿真が、まるで倍速再生のような勢いで語る鞠子を遮った。

「えっと、俺のファンだってことは、よく分かったから……」

自覚しているようだが、鞠子は完全にストーカーレベルのファンだろう。駿真の自宅を調べて近くに引っ越したほどなのだ。そんな異常なファンを自宅に招き入れてしまった時点で、十分まずい状況であることは間違いない。

しかし、それ以上に大きな問題は、そんな鞠子が、駿真のひき逃げの瞬間の動画を持っていることなのだ。早くそっちの本題に戻ってほしかった。

「ああ、ごめんなさい。余計なこと喋っちゃった。堂城さんが気になってるのは、そんなことじゃないですよね」鞠子は駿真の気持ちを察したようだった。「とにかく私は、堂城さんの近くに住むぐらいのイタいファンなんで、堂城さんの車ももちろん知ってたんです。車種はもちろん、ナンバーも暗記してます。うふふ。で、あの夜、音が聞こえて窓から外を見たら、堂城さんの車が停まってて、それで撮ったんですけど……それにしても、ずいぶん早くスマホで撮ったなって思いますよね？　これにも訳があるんです。まあ、これこそ堂城さん絶対引いちゃうと思うんですけど……」

少し照れたような表情を浮かべた後、一息吸ってから鞠子は語った。

「実は私、去年ぐらいから、ただ見るだけじゃもったいないと思って、堂城さんをこの辺で見つけるたびに、スマホで撮ってたんです。だから最近は、隠し撮りもずいぶん上手くなっちゃって……」

鞠子がスマホを操作すると、出てきた画像の一覧に「駿真君」というタイトルが付いていた。鞠子が太い指でスクロールすると、それぞれ日付の違う、何十もの画像が流れていった。それらはすべて、駿真を遠くから撮った姿だった。

コンビニから出てくる駿真、道を歩いている駿真、マンションに入る駿真――もちろん一度も撮られた覚えはなかった。すべて隠し撮りされていたのだ。駿真はまた、ぞくっと寒気を覚えた。

「でも、話しかけたのは今日が初めてでした」鞠子が駿真を見つめた。「私みたいな不細工な女がファンだって言って、嫌な顔をされたらどうしようって思うと、勇気が出なかったんです。もし邪険にされたら私、死にたくなっちゃうと思って……。でも、あのひき逃げで事情が変わりました。私はもう、堂城さんに話しかける権利があるんだって自信が持てました。もちろんそれでも緊張しましたけど、こうして今、堂城さんと二人きりで、堂城さんの部屋にいる。本当に夢みたいです！」

鞠子の笑顔がはじけ、ぶくぶくに太った頬がぶるんと揺れ、唾液のしぶきが飛んだ。とりあえず、目の前の山路鞠子という女が、限りなくストーカーに近いファンなのだということは認識した上で、駿真は異常者をなるべく刺激しないような口調を心がけながら、おそるおそる尋ねた。

「あの、要するに……あなたは、俺がひき逃げする動画を撮りはしたけど、俺のファンだから、これからも黙っててくれる……ってことを、言いに来てくれたのかな？」

すると鞠子は、まっすぐ駿真を見つめながらうなずいた。

「はい。黙っておくつもりです。でも、こちらからも要求があります」

「要求……」駿真は探るように、でも切実な思いで言った。「お金だったら、一応、あるだけ全部払うよ。マジで貯金ゼロになってもいいから……」

「お金じゃないです。お金なんていらない」

鞠子は強く首を振って、駿真の言葉を遮った。

そして、ふいに駿真の両手をつかんで、まっすぐ見つめて言ってきた。

「私と、結婚してください」

「……えっ？」

駿真は言葉を失った。すると鞠子は、顔を赤らめながら、駿真の両手を強く握りしめた。

「私、堂城さんの大ファンなんです。あなたが大好きなんです。だから、私と結婚してください！」

「え、あ……いや……」

駿真は言葉が出なかった。さすがに想定外だった。大ファンだと言っていたのだから想定できそうなものだったが、いくらなんでもそんな要求をされることはないだろうと、頭の中からその可能性を消していた。

「嫌ですよね。私みたいな、デブでブスな女と結婚するなんて」

鞠子は駿真の手を離し、悲しげに目を伏せた。

「いや……あの……」

駿真は言葉に詰まったが、はっきり言って、図星以外の何物でもなかった。

今まで駿真は、美人でない女を恋人にしたことなど一度もなかった。自分が美男なのだから、それに釣り合う美人としか付き合わない。そんなのは言うまでもないことだと思っていた。まして目の前の、こんなにも醜く太った女と、あろうことか結婚するなんて、今までの人生で一瞬たりとも想像したことがなかった。

これはもしかして、有り金を全部巻き上げられるよりも、もっととんでもない要求なんじゃないか――。駿真の頭にうっすら実感が湧いてきたところで、鞠子が言った。

「でも、私がこの動画を警察に送ったら、たぶん堂城さんはもっと不幸になります」

鞠子は一瞬、駿真に睨（にら）みつけるような視線を送った。そして、決意したように言った。

「どっちを選びますか？　ひき逃げ犯として警察に捕まってすべてを失うか、芸能人としての立場は守ったまま私と結婚するか。──これで私が選ばれなかったら屈辱ですけど、そうなったらあきらめて、すぐ警察に行きます」

やっぱりこれは脅迫だったのだ。それも、想像していたよりはるかに恐ろしい脅迫だったのだ──。駿真の口の中が一気に苦くなった。

「ああ、証拠を消すために、力ずくでこのスマホを奪って壊すとか、今ここで私を殺すとか、そんなことをしても無駄です。クラウドにもパソコンにも保存してありますから、この動画を完全に消すことはできませんし、明日私、実家の両親と会う約束をしてるんです。だから私に何かあったら、明日にはもう両親から警察に連絡が行きます。そしたら警察は、私のことも、この動画もすぐに見つけるでしょう」

常に先手を打たれている。鞠子は今日、駿真をマンションの近くで待ち伏せるまでの間に、綿密な計画と準備を調(ととの)えてきたのだろう。

「申し訳ないですけど、今お付き合いしている女性がいたら、別れてください」

鞠子が言った。脅迫しているくせに「申し訳ないですけど」なんて前置きをするのが奇妙だった。

「今付き合ってる人は、いないよ」

駿真は正直に答えた。いるのはセックスフレンド兼マリファナフレンドの冬川理沙だけだ。

「よかった。それなら話は早いです」

鞠子はそう言って、ハンドバッグからクリアファイルを出した。そして、ファイルに挟んであった紙を、傍らのテーブルの上に置いた。

「これ、今ここで書いてください。ご両親の名前とかは、さすがに分からなかったんで」

それは婚姻届だった。すでに「妻になる人」の欄には、山路鞠子と書かれていた。生年月日を見ると、駿真の一つ年下だった。そして、ストーカーすれすれのファンなのだから当然ともいえるが、堂城駿真という氏名と生年月日も「夫になる人」の欄に正確に書かれていた。

それを見て、駿真の背中にもう何度目か分からない寒気が走った。

「こんな手を使っちゃって、申し訳ないとは思ってます。でも私、絶対にいい奥さんになります。だって、あなたのことが大好きだから。苗字が堂城になるの、嬉しい！」

鞠子は、陶酔したような表情で言った。ふん、ふん、と鼻息が荒くなっている。

「これを役所に出した後、明日、両親に会ってもらいます」

鞠子が太った頬を揺らして微笑んだ。表情とは裏腹に、有無を言わさぬ宣告だった。

「今は怖いだろうけど、心配しないで。一緒に幸せになろう、駿真君」

鞠子はまた、駿真の両手をがっちりつかんできた。

どこかに逃げ道があるんじゃないか、なんとかして結婚は避けられるんじゃないか。駿真は必死に考えた。でも思い付かない。何も思い付かない――。

6

「娘さんと、結婚させてください」

翌日の土曜日。駿真は頭を下げていた。会って二日目の、愛してなどいない女の両親に。

「すごい、夢みたい！」

鞠子の母の山路秀美（ひでみ）は感激していた。

「こちらこそ、よろしくお願いします」

鞠子の父の武広（たけひろ）も、驚くほどあっさりと結婚を承諾した。それにしても二人とも、この親にしてこの子ありとしか言いようがない、見事な肥満体だった。

鞠子は昨日、駿真が婚姻届を書いたらすぐ、駿真の本籍地の実家がある市役所まで電車で行って、婚姻届を提出してしまったらしい。駿真はまだ誰にも報告していないが、会ったばかりの鞠子と正式に結婚してしまったのだ。そして今日、鞠子の実家に挨拶に来て、もう後戻りできない状況になってしまったのだ。

鞠子の実家の山路家は、栃木県の山深い田舎の農家だった。今日、駿真は鞠子を助手席に乗せ、三時間以上の道のりをドライブすることを命じられた。車内で鞠子はずっと、会話を途切れさせなかった。駿真の出演作のあのシーンがよかったとか、あのアクションは大変だったんじゃないかとか、駿真でさえ記憶にないような細かいシーンまで覚えていて、本当に筋金入りのファンなのだということは十分に伝わってきた。そして、とにかく駿真の今までのキャリアを褒め続けてきた。正直、悪い気はしなかったし、駿真も一応受け答えをするうちに、少し会話が弾むようなこともあった。

前を見て運転しながら鞠子と話していると、ひょっとして彼女と結婚するのも悪くないんじゃないかと思えてくる瞬間もあった。しかし、ちらりと左側に目をやった途端に、その感情は無残に消え失せた。今まで街で見かけて失笑することはあっても、恋愛感情を抱くことは断じてなかった女。電波に乗せることはほぼ許されなくなった言葉だが、デブでブスとしか言いようのない女。美男である自分のパートナーは美女でなければ釣り合わない、そんなことは言うまでもないと思い続けてきた駿真にとって、この女に脅迫されて正式に結婚してしまったなんて、悪夢としか言いようがなかった。

高速道路の高架のカーブに差しかかった時、駿真は衝動的に、アクセルを踏み込んで落ちて死んでやろうか、と思った。

しかし、まるでそんな駿真の心を見透かしたように、鞠子はぽつりと言った。

「私、駿真君のためなら死ねます。それこそ最高の死に方かもしれない」

ああ、今ここで死んだとしても、鞠子は幸せなのだ。ただ俺の人生がどん底のまま終わるだけなのだ。——そう思うと、死ぬのも悔しくなった。

結局、駿真はこれといった抵抗もできないまま、鞠子の実家の住所を入力したカーナビの指示通りに運転して、鞠子の両親に結婚の挨拶をしに来てしまった。そこで大歓迎されて、いとも簡単に結婚の承諾が得られてしまったのだ。

「しかし、たまげたよお。結婚相手を紹介したいって言われただけでもたまげたのに、相手が堂城さんってのも、昨日の晩に知らされたんだから」

武広が言うと、秀美も大きくうなずいた。

「そうそう、こっちは堂城さんと付き合ってることだって知らなかったんだから」

「お父さんとお母さんをビックリさせようと思って」鞠子が笑った。

「ビックリさせすぎよお」

秀美が胸を押さえながら笑った後、駿真に質問した。

「鞠子が、道でたまたま堂城さんを見かけて、いきなり『大ファンです。結婚を前提にお付き合いしてください』って言ったたって聞いたんですけど、本当なの？」

「よくそれで、ＯＫしてくれましたね」

「ええ、まあ」

「ええ、あの……そこまで本気で僕のことを好きになってくれる方なら、拒む理由もないかと思いまして」

このストーリーは鞠子が作って、行きの車の中で「こういう馴れ初めということにしたのでお願いします」とレクチャーされていた。鞠子が駿真の大ファンであることも、本来芸能人と関わることのない事務職の派遣社員をしていることも両親は知っているので、「いっそ突拍子もない馴れ初めにした方が、むしろリアルなんじゃないかと思うんです」と鞠子は言っていた。むしろリアルって何だよ、どう転んでもリアルにはならないだろ、と駿真は心の中でツッコミを入れたが、むろん本当のことを話すわけにもいかない。実は娘さんに脅されて婚姻届を書かされたんです——なんて、鞠子がトイレにでも行った隙に、駿真がこっそり武広か秀美に打ち明けたところで、なぜ脅されたのかという理由を説明しなければいけなくなる。それを説明したら結局、駿真は逮捕され破滅するのがオチなのだ。破滅を回避するには、鞠子の指示に従うしかないのだ。

「ありがたいですよお。鞠子があなたのファンだっていうのはずっと知ってたから」

武広がうっすら涙ぐみながら言うと、秀美もうなずいた。

「バレンタインチョコも、手作りしてたんだもんねえ」

「うん、ファンになってからずっと、十年欠かさず送り続けてたから」

鞠子がそう言って、駿真を見つめた。

「あ……うん、あれは嬉しかったよ」

駿真は作り笑顔で話を合わせながら、ここ二年の唯一のバレンタインチョコの送り主が、鞠子だったのだと悟った。これはこれで悲しい事実だったが、もはやその程度のことにショックを受けている場合でもない。

その後、食卓に大量の寿司が出てきた。「こんなめでたい日だから奮発して取ったよ」と武広が嬉しそうに言い、表面上は実に喜ばしい晩餐が始まった。そこで、聞きたくもない鞠子の子供時代の話や、山路家の様々なエピソードを聞かされた。

鞠子は小中学校では武広の勧めで柔道をやって、当時の最重量級で県大会にまで出たこと。でも高校からは柔道を辞めて吹奏楽部に入り、チューバを担当し、重いチューバを軽々と一人で運んで仲間から喜ばれたこと。その後、東京の大学へ進学し、そのまま都内で就職したものの、一人娘の鞠子にはいつか帰ってきてほしいと両親は内心願っていたこと——。

「でも、俳優さんと結婚したんじゃ、さすがにしょうがねえな」

長い思い出話の後で、武広が言った。

「まあ、もし万が一、俳優を続けられなくなったら、その時はうちの畑を継いでくださいね」秀美が冗談交じりに言う。

「ああ、そんならいつでも大歓迎だ。あっはっは」

武広が笑う。駿真は、顔面に引きつった笑顔を貼り付けたまま頭を下げた。

俳優を続けられなくなる可能性は、万が一ではない。現状から考えて、万が七千ぐらいだ。それぐらい駿真は仕事が減っているのだ。でも、だからってこの家で四人で暮らすなんてごめんだ。この状況がずっと続くぐらいなら死んだ方がましだ——なんて本音は口に出せるわけもない。

目の前の寿司はどんどん減っていった。大食いバトルかと思うぐらい、三人とも食べるペースが速かった。早食いは太るというのは本当なのだと駿真は実感した。まあ、駿真は寿司なんて食べたい気分ではないので、さっさと減ってくれた方がよかった。余っている寿司をちょこちょこつまみ、話を振られれば作り笑顔で適当に答えるだけ。自分から話すことなどなかった。やがて話題は変わり、また鞠子の昔話になる。

「でも鞠子も、柔道を続けてりゃ、いい線行ったと思うんだけどなあ」

武広が言うと、鞠子が眉をひそめる。

「やだ、痛いし冬は裸足で寒いし、お父さんが言うから無理してやってただけで、本当は中学の頃からもう辞めたかったんだから」

「ああ、そうだったか。そりゃ悪かったな、あっはっは」

「もう、この会話何度もしてるんだけど」鞠子が苦笑する。

武広はそこで、駿真に向き直った。

「ああ、俺はね、一応柔道三段で、今も近所の柔道教室で教えてんだよ」

聞いてもいないのに説明してきた。いざとなったら腕っ節が強いのだと、威圧する意図でもあるのだろうか。まあ無視するのもなんなので、駿真は「ああ、そうなんですか」と適当にあいづちを打っておいた。

「まあ、柔道三段っつっても、ウルトラライダーよりは弱いけどな、あっはっは」

「あ、ははは……」

義父のユーモアに愛想笑いするというのは、本当に愛している女の父親が相手でも、面倒な作業だろう。まして、弱みを握られて結婚した、愛してもいない女の父親が相手では、笑顔もいっそうぎこちなくなった。

救いだったのは、武広も秀美も「娘と結婚してくれてありがとう」のスタンスだったことだ。この状況でもし、「娘さんを僕にください」「お前に娘はやらん」的なくだりを強いられたら、さすがに駿真も耐えられなかっただろう。「いい加減にしろ、こっちだって脅されて結婚したんだよ！」と、衝動的に洗いざらい暴露して、警察に突き出されておしまいだったかもしれない。

とにかく、鞠子の両親への結婚報告は、何の滞りもなく終わった。山路家の畑で採れたジャガイモと、田んぼで採れた米を大量にもらって、駿真と鞠子は東京への帰路についた。

「駿真君、明日は何か仕事ある？」

山路家からの帰りの車の中で、鞠子に聞かれた。そういえば、いつの間にか完全にタメ口に切り替わっている。

「いや、特に……」

駿真はそう言いかけてから、何か仕事があることにしておいた方がよかったか、と思い直したが、もう遅かった。

「じゃ、私もう、駿真君の部屋に引っ越しちゃうね」鞠子がすかさず言った。

「えっ……引っ越し？」

駿真はおそるおそる聞き返した。すると、鞠子は笑いながら言った。

「だって、結婚したんだよ。一緒に住まないのはおかしいよ」

「ん、ああ、でも……」絶対に嫌だった。どうにか別居に持ち込みたかった。「その、結婚はしてるけど別居っていう人もいるし……」

「一緒に住むの。これはもう決まったことだから」

鞠子がぴしゃりと言った。さっきの笑顔は消えていた。

「決めるのは私なの。分かってるよね？」

鞠子が、いよいよ脅迫者としての本性を現してきた。駿真はため息をつき、小さく舌打ちした。

その態度に、鞠子は激高した。

「あんた立場分かってんの？　全部警察に言えば終わりなんだからね！　あの動画を警視庁のサイトに送ることなんて、一分もあればできるんだからね！」

車内に響く金切り声。駿真は何も言い返せなかった。鞠子の言う通り、そのカードを切られたら終わりなのだ。

絶望感とともに沈黙した駿真に、鞠子が声をかけてきた。

「ごめんね、駿真君。私だって怒鳴りたくないの。だから、私を怒らせないで」

ああ、これは昔の母親と同じだ。――駿真は思った。

駿真の幼少期の母親も、機嫌が悪くなれば怒鳴り、駿真を理不尽に叩いた。そしていつも「私だって怒りたくないんだから、怒らせんじゃないよ」と言っていた。家は貧しく、両親はいつも喧嘩ばかりしていた。その鬱憤を、一人息子の駿真にぶつけてきたのだ。もっとも、のちに駿真が成長してからは、母にも父にも仕返しとばかりに暴力を振るい、あげくに家を飛び出して以来絶縁しているのだが、まさかこんな形で、思い出したくもなかった幼少期の追体験をすることになるとは思わなかった。

「私、昨日は有休取ったんだけど、あさっての月曜日に出社したら、寿退社したいって言って、なるべく早く仕事辞めるからね。ただ、さすがにすぐってわけにはいかないから、しばらくは出勤しないといけないの。だから明日から、最低限の荷物だけ持って、駿真君の部屋で暮らすね。で、本格的な引っ越しは来週末にしよう。それでいいよね？」

「あ……ああ」

駿真はうなずいた。どうせ断る権利などないのだ。

7

翌日の日曜日。

「うちから持ってくる物なんて、そんなにないかな～。家具も家電もこっちの方がいいもんね。まあ、そりゃそうか。駿真君は一流俳優、私はただの派遣ＯＬだもんね～」

鞠子が、駿真の部屋に上がり込み、一人でうきうきと喋っている。駿真はそれを、ただ無言で聞いている。何もかも夢だったらいいのに。ぱっと目覚めたら、ひき逃げをしてしまったあの日の朝に戻っていたらいいのに――。駿真はこの二日間で何百回も、そんなことを考えている。

本当に今後、鞠子と夫婦として生きていくのだろうか。毎日一緒に食事をして、寝起きして……ということは、セックスまですることになるのか。身の毛もよだつ想像だった。どうか鞠子がプラトニックなファンでありますように、と祈るばかりだった。ひとまず駿真からその話を振るのは絶対やめておこうと思った。

「そうだ駿真君、朝食べた?」

鞠子が尋ねてきた。質問はさすがに無視するわけにはいかない。

「いや、食べてない」

元々朝は食べないことが多いが、今日はなおさら、食事が喉を通る気分ではなかった。

「じゃ、ご飯作るね。あっ、そうだ、調理器具とか調味料とか、もう持ってきちゃおう」

鞠子は上機嫌に言うと、どすどすと小走りで玄関に行った。どうやら靴を履いて外に出たようだった。

だが、しばらくして、さっきまでの上機嫌が嘘のような不機嫌な顔で戻ってきた。

「ちょっと、何してんの？　一緒に来て車出してよ」

「あ……ああ、ごめん」

「まさか徒歩で全部運んでくるなんて、そんな大変なことできるわけないじゃん」

「……分かりました」

「もう、なんで敬語なの？　夫婦なんだよ〜」

鞠子がまたにこっと笑った。情緒不安定かよ、と駿真は心の中で嘆いた。

二人で駐車場へ下り、鞠子のアパートまで車で行かされる。少し離れたコイン駐車場に車を停め、鞠子に先導されるままアパートの部屋に入ると、余っていた段ボール箱を組み立て、冷蔵庫の中身や、フライパンや鍋や調味料などを箱詰めする作業を手伝わされた。さらに「お肉とかも持ってっちゃおう」と、冷凍庫の中身も移し替えさせられる。

「溶けちゃうから急いで」

「はい……」

「ねえ、敬語やめてって言ってるじゃん」

鞠子がまた不機嫌な顔になった。さっきの敬語の指摘は笑顔だったのに。

「ごめんごめん」

駿真は笑顔を作る。すると鞠子は駿真を見つめてから、にんまり笑ってたぷたぷの頬を揺らした。

「うふふ、格好いいから許しちゃう」

クソが、と駿真は心の中で吐き捨てる。

鞠子の部屋の冷凍庫の中には、凍った肉などの他に、菓子パンがたくさん入っていた。

「それね、仕事帰りに近所のゴトーナノカドーに寄ると、よく半額になってるから、その時に買ってデザートにしてるの。たくさん買って食べきれない分は、こうやって冷凍すれば長持ちするし、百円切る値段だから、どんなお菓子よりもコスパいいんだよね」

「へえ……」

お前みたいなデブがコスパなんて言葉使うな、その脂肪が全部コストだろ、と駿真はまた心の中で吐き捨てる。もう駿真の心の中は、吐き捨てた言葉で散らかり放題だ。

二人で荷物を抱え、昨日鞠子の実家でもらった米やジャガイモも積み込み、車で駿真のマンションに戻った。ほとんど空だった駿真の部屋の冷蔵庫に、鞠子の部屋から運んだ食品類は難なく入った。

鞠子は冷凍肉を台所に出すと、少し考えてからまた指示を出した。

「あとは、そうだな……駿真君、スマホでメモして」

「ん、ああ……」

言われるままにスマホを出す。渋っても余計にこじれるだけだ。

「人参一袋、玉ねぎ二つ、あとキャベツ一つと、チンゲンサイ二つ」

言われるままにスマホのメモ帳に入力したところで、鞠子が言った。

「はい、それ買ってきて」

「あ……ああ、分かった」

駿真はうなずきながらも、心の中は泣きそうだった。これから、好きでもなんでもない女の使い走りをさせられようとしているのだ。この仕打ちはいつまで続くのか。もう結婚してしまったのだから、マジで一生続くのか。ああ、最悪じゃないか——。実感するたびに絶望感で押しつぶされそうになる。

買い物に行くふりをして、このまま逃げてしまおうか——そんな考えが駿真の頭によぎった、まさにその時だった。

「逃げようとか思わないでね」

鞠子が、冗談めかしたような笑顔で言った。たしか昨日の、鞠子の実家へ行く車の中でもこんなことがあった。まるでテレパシーでも使ったかのようだった。

「そうだな……あそこのゴトーナノカドーまで行って帰って、十一時過ぎるわけないよね。じゃ、十一時過ぎたら、駿真君がひき逃げした動画を、警視庁のサイトに送ることにしようかな。さあ、それを踏まえて買い物行ってきて。急いだ方がいいよ」

鞠子は笑顔を崩さないまま、細く小さな目をまっすぐ駿真に向けて言った。

「ああ……分かった」

駿真は返事をした。顔が引きつっているのが自分でも分かった。

使い走りどころではない。まるで人質を取ったテロリストからの命令だ。駿真はすぐまた外に出た。たしか近所のゴトーナノカドーは駐車場がない。車で行くと停める場所を探すのにむしろ時間がかかってしまうだろう。自分の足で走るしかない。まさに読んで字のごとくの使い走りだ。

駿真は走ってゴトーナノカドーに着くと、人参一袋、玉ねぎ二つ……と、メモさせられた通りにカゴに入れていった。自炊なんて、ウルトラライダーのオーディションに受かる前の、本当に金がなかった時期に少ししたことがあるだけだから、野菜を買うのも何年ぶりか思い出せないほどだ。

その途中「チンゲンサイ二つ」のメモを見ながら、駿真はしばし迷った。チンゲンサイは一袋に二株入っているが、鞠子はこれで一つとカウントしたのだろうか。だが、あまり考えすぎて時間オーバーしてしまっては最悪だ。足りなくて機嫌を損ねてもいけないので、二袋買った。

長らくスーパーに来ない間に、レジは大半がセルフになっていて、その手前で有料のレジ袋を買うシステムになっていた。五円の袋を二枚買って会計を済ませ、両手に野菜の入った袋を提げて帰る。久々に買った野菜は重かった。袋が手に食い込む痛みもまた屈辱的だ。好きな女に料理を作ってもらうための買い物なら、うきうきしてこんな痛みは感じないぐらいだろうけど、今はただ惨めに痛い。こんなに痛かったっけ、と思うぐらい痛い。

マンションに帰り着いたのは十時五十分。無事間に合った。部屋に戻ると、すでに料理の匂いと、米の炊ける匂いが漂っていた。悲しいかな、空腹感が刺激され、美味そうな匂いだと思ってしまった。

「おかえり～、ありがとう。じゃ、野菜洗ってもらえる？」

「あ、ああ……」

鞠子に言われるままに野菜を洗おうとしたら、また不満げに注意された。

「ちょっと、まず手洗ってよ」

「ああ、そっか……」

あの美しい冬川理沙とだったら、こんなやりとりも楽しかっただろうに……。同じことを何度でも思ってしまう。

駿真が洗った野菜を鞠子が手際よく料理し、ほどなく料理が完成した。チンゲンサイのクリーム煮、肉じゃが、それに肉野菜炒め——テーブルに配膳された料理はどれも美味そうだった。

「ご飯、これぐらいでいい？」

鞠子が駿真の茶碗によそった量を見て驚いた。外食だったら特盛り、普段の駿真の二食分ぐらいの量だった。

「いや……その半分でいいや」

「この半分？　少なすぎるよ～、もっと食べた方がいいよ～」

鞠子にそう言われ、二割ぐらいしか減らしてもらえなかった。そして鞠子自身は、さっき駿真によそって見せた量をしっかり茶碗に盛った。

「それじゃ、いただきま～す」

おそらくブランチになるであろう食事が始まった。こうなったら食べるしかない。

ところが、少し食べたところで気付いた。

鞠子の作った料理は、どれもかなり脂っこいのだ。

鞠子の部屋の冷凍庫から運んできた肉は、脂身の多い豚肉ばかりのようだった。そこにさらに、油を多く使っている。肉野菜炒めは、胡麻油の風味が効いているどころではなく胡麻油まみれだし、肉じゃがも最後に油をかけたのだろうか、肉の脂身だけとは思えない大量の油が浮いていた。そしてチンゲンサイを煮たクリームも、駿真が今まで食べた全クリームの中で最も脂っこかった。たぶんバターが相当な量、乳牛に恨まれるぐらい入っている。

さらに味付けも濃い。不味いわけではないのだが、とにかく濃い。だから鞠子は米を大量に食べるのだろう。昨晩に続き、この食生活にしてこの体ありと納得するしかなかった。

駿真は、昨晩の寿司が腹に残っていたし、そもそも強制的に結婚させられた女と二人きりの状況で、まだ食欲は湧かなかった。すぐに限界が来た。

「もうお腹いっぱい？」

駿真の箸が止まっていることに鞠子が気付いて、声をかけてきた。

「ああ、うん」駿真はうなずく。

「美味しくなかった？」

「いや、そういうわけじゃないんだけど……ちょっと、脂っこかったかな」

駿真が正直に言うと、鞠子は笑顔で返した。

「本当？　ごめんね、でも慣れてね」

油を控えるという選択肢はなく、駿真が慣れるしかないのだということを、冷徹に告げられた。

「そうだ、デザート食べる？」

鞠子がそう言ってキッチンへと向かった。

「いや……大丈夫」

満腹だって言ってんだからデザート食うわけないだろ、と心の中で言い返しつつ、そんなことより駿真が驚いたのは、鞠子がキッチンから持ってきたパンだった。

それはヤマザキの「ミニスナックゴールド」だった。円盤形に渦を巻いたデニッシュに、砂糖がたっぷりかかった巨大なパンだ。この巨大パンの名に「ミニ」と付いているのはなぜだろう。商品開発をしたのが鞠子レベルの巨漢だったのだろうか。そういえば、駿真の実家の近所に、子犬の頃は小さかったという理由だけで「チビ」と名付けられたシベリアンハスキーがいたのを思い出した。

鞠子は、あれだけ脂っこい食事を平らげた後、巨大激甘パンのミニスナックゴールドをばくばく食べてあっという間に完食し、「まだ食べたいけど、腹八分目っていうしね。ごちそうさまでした」と言って食事を終えた。

これで腹八分目って、レベルが違う……。駿真は、スーパーサイヤ人の戦いを見るクリリンのごとき驚きを抱くしかなかった。

その後、後片付けと食器洗いを、鞠子の無言の圧力によって駿真も手伝うことになり、さらに歯磨きも済ませたところで鞠子が言った。

「晩ご飯何にしよっか」

「いや……ちょっと今は、腹一杯で考えられないかな」

駿真はさすがに苦笑してしまった。この状況で晩飯のことなんて考えられない。というか晩飯なんて食べなくてもいいぐらいだ。

「そっか……。じゃ、お腹減らそうか。カロリー消費して」

鞠子は笑顔でそう言うと、唐突な提案をしてきた。

「よし、エッチしようか」

「……えっ？」駿真は固まった。

「駿真君とエッチしたい」鞠子は駿真をまっすぐ見つめた。「もう夫婦なんだよ。しないのおかしいじゃん」

ああ、まずい、ついにこの時が来てしまった。いずれ来てしまうのだろうかと、心の奥で密かに恐れていた事態が、思っていたより早く、昼間から訪れてしまった。

「あ、まだキスもしてなかったね」

鞠子はそう言うなり、駿真に突進するように抱きついてきて、両手でぐいっと駿真の後頭部を引き寄せ、ぶちゅうっとキスをしてきた。まだテレビ番組のコンプライアンスが緩かった時代に、中年のおばちゃんが芸人にキスをする罰ゲームがあったのを思い出した。まさにその状況だ。

「寝室、こっちだよね」

鞠子に手を引かれて寝室に入る。そこでまた、さっきと同様にキスをされる。今度は舌を入れられた。唾液の臭い、口臭、それに歯磨きしてもまだ残っているように感じられる脂っこさ。愛していない女とのディープキスは、こんなにも不快なのかと駿真は思い知った。

「自分で脱いじゃうね」

鞠子が服を脱ぎだした。女の裸は数え切れないほど見てきた駿真だが、ここまで肥満体の女の裸を見るのは初めてだった。そういう意味では初体験ともいえた。もっとも、こんな初体験は全然したくなかったが。

そうか、こんなフォルムなのか――。鞠子の裸を見て駿真は、初めて珍獣を見るような気分だった。服を着ていた時の鞠子を、女装した力士のようだと思っていたが、裸は全然違った。力士の体というのが、いかに筋肉で下支えされているのかを実感した。力士のような張りはなく、脂肪ばかりがぼてっと垂れ下がり、胸よりはるかに腹が出た女の裸。それを見ても性的興奮は一切覚えなかった。今まで関係を持ってきた、ワンナイトを含めて数十人の女、そして最高のセフレだった冬川理沙の裸体を前にした時は、駿真は最高潮の興奮を味わっていたが、これほど低いテンションで女の裸と向き合う日が来るとは思わなかった。

「駿真君も脱いで」

全裸の鞠子が迫ってきて、駿真の服のボタンに手をかけてきた。駿真も脱ぐしかない。

今の俺は、風俗嬢のような気分なんだろうな——駿真は思った。

今後生きていくために、今目の前にいる、好きでも何でもない、本来なら恋愛対象になるはずのない異性とセックスをしなければいけない。まさに風俗嬢と同じ状況だ。

しかし、男である駿真の、風俗嬢との大きな違いは、どうしてもごまかしきれない部分があることだ。

お互い全裸になっても、駿真の股間はこれっぽっちも反応していなかった。それを見下ろして、鞠子は残念そうに言った。

「やっぱり、痩せてる女の人の方がいいよね」

「……うん」駿真は正直にうなずくしかなかった。

「ごめんね、でもそれは無理なの」鞠子はすぐ自分を正当化した。「人はそれぞれ、持って生まれた体型ってのがあるんだよね。私はこの体型がベストなんだからしょうがないの」

少し前の料理の味付けについての会話でもそうだったが、鞠子は結局、自分から譲歩する気などないのだ。だったら俺の気持ちなんて聞いてくるなよ——という駿真の思いが顔に出てしまったのか、鞠子は少しむっとしたように言った。

「あんまり言うのも悪いけど、あなたは私に嫌気が差す権利もないんだからね。私で興奮するように、あなたが努力して」

思わずため息が出てしまった。全裸で。するとさらに鞠子は詰め寄ってきた。全裸で。

「文句ある？」

「いや、別に……」

「文句ありそうな顔してるんだけど。どうしても痩せてなきゃだめ？」

「いや、痩せたところで……」

うっかり言いかけてしまって駿真は口をつぐんだ。全裸で。しかし手遅れだった。

「痩せたところで……？　痩せたところでブスだから同じだって言いたいの⁉」

鞠子がヒステリックに声を上げた。全裸で。

「いや、違う、そうじゃなくて……」

本当は図星だったが、駿真は慌てて取り繕おうとした。しかし鞠子がさらに問い詰める。

二人とも全裸で。

「じゃあ何て言おうとしたの？」

「あ、えっと……」

何も言い訳が思いつかない駿真に、鞠子がどすどすと地団駄を踏んだ。全裸で。

「やっぱりそうだ、ブスだって言おうとしたんだ！」

ヒステリーを起こしている鞠子と、その前でしゅんとうなだれる駿真。二人とも全裸なのだ。ああ、なんだよこの状況。十八禁のコントかよ——。駿真は今の自分たちをつい俯瞰で見てしまって、隠したつもりだったが、思わず苦笑が顔に出てしまったようだった。

「何がおかしいの！」

鞠子がだしぬけに、駿真の顔を思い切りビンタしてきた。顔が吹っ飛ぶかと思うほどの、アンパンマンだったら鞠子の手が新しい顔になるぐらいの衝撃だった。

相手は脅迫者だから逆らってはいけないとか、そんな自制心も吹っ飛んでしまった。駿真は反射的に、鞠子の顔にビンタを返していた。

「あっ……」鞠子は頬を押さえた。

しかし、鞠子はすぐに駿真を見返すと、にまっと笑って、思わぬ一言を放った。

「気持ちいい」

それを聞いて、駿真の全身に鳥肌が立った。全裸なので自分の鳥肌がはっきり目視できた。

「私は、駿真君になら、何をされても気持ちいいの。だって大好きだから」

鞠子は、さっきまでの怒り顔とは打って変わって、陶酔したような表情で言うと、ふいに駿真の左手をつかんできた。

そして、駿真の人差し指と中指を口にくわえると、自らの喉の奥まで突っ込んだ。

「げええっ……」

鞠子は、駿真の指先で喉を突かれてえずいた後、「これも気持ちいい」と、またにやっと笑いかけてきた。さらに駿真に鳥肌が立った。

怖じ気づいた駿真は、鞠子にどんと押され、ベッドに倒されてしまった。鞠子は駿真の両脚を持って素速くベッドに乗せると、自らもベッドに乗り、仰向けの駿真の両脚の間にかがみ込んだ。

「駿真君は寝てるだけでいいよ」

そして鞠子は、手と口を使って、駿真の股間を念入りに刺激してきた。もう、なるようになれ。駿真は観念して目をつぶった。

ただ――これが意外と悪くない。いや、むしろ上手だったのだ。

こう見えて鞠子は経験が豊富なのだろうか。ほどなく駿真は勃起できてしまった。十分に硬くなった駿真の性器をつかんで、鞠子はそれにまたがって上に乗ってきた。

だが、そこで駿真は、今までの性交史上初の事態に見舞われた。

「あっ、痛っ、いたたたっ……」

駿真は思わず叫んだ。骨盤が割れそうなほど重い。たぶんこのまま動かれたら、骨盤か大腿骨が本当に折れる。女の体重でこんな事態に直面するとは思わなかった。

「ちょっと……俺を上にしてくれ」

駿真はとっさに言った。すると鞠子は、嬉しそうに返した。

「分かった。気持ちよくなってね」

鞠子が、駿真と位置を代わって、脚を広げて仰向けになる。とにかく、ここまできたら早く終わらせるしかない。駿真は、萎えないようにと薄目で鞠子の性器の位置を確認し、素速く挿入し、すぐに目を閉じて、一気に腰を振った。とにかく性器の感覚だけに集中するようにした。

すると、やっぱり悪くはないのだ。

駿真は今、コンドームを着けていない。過去に様々な女と関係を持った際、さすがに俳優としての立場もあるので妊娠させるわけにはいかず、避妊せずに行為に至ったのは、通算何百回もしたであろうセックスの中でも数えるほどだった。冬川理沙とも、お互いに大麻を使用してトリップ状態になって、理沙から「今日は安全日だから」と言われて一度しただけだった。

何年ぶりかの、コンドーム無しのセックス。装着時より快感は間違いなく大きい。とにかく見てはいけない。暗闇の中、この快感だけに集中するのだ。鞠子の体を見たらたぶん萎えてしまうが、目をつぶったままなら、鞠子の「ああ、ああ」というあえぎ声も、過去に体を交えた美人たちの声であるかのように錯覚できる。相手を見てはいけないなんて、まるでメデューサとセックスをしているみたいだ……って、何だよメデューサとセックスって。その状況に至るまでに絶対石にされちゃうだろ。なんて自分にツッコミを入れるのもよくない。そんなことを考えても萎えてしまう危険がある。一度萎えてしまったらもう再起不能である可能性が高い。

性器の摩擦の感触だけに集中し、夢中で腰を振り続けた結果、興奮と快感はどうにか絶頂に達し、射精の感覚があった。

「ああ、出た」

駿真は安堵しながら申告した。

「よかった、嬉しい」

鞠子がベッド脇のティッシュを取り、股を拭きながら言った。

「初めてだと思った?」鞠子が、なんだか自慢げな笑顔で語り出した。「私、彼氏がいたこともあるんだよ。一つ上で、大学一年で付き合って、その人はぽっちゃりフェチだって言ってたの。その人自身は痩せてるぐらいだったんだけどね。でも最後はその人、私より太ってる子と浮気して別れたの。――付き合ったのはその人だけ。それ以来ずっと、駿真君のためにとっておいたからね」

聞いてもいないのにそんな説明をされ、駿真は「ああ……」と、苦笑とため息の中間のようなリアクションをとるしかなかった。

「お口でするの、上手だったでしょ?」さらに鞠子が語った。「正直ね、今日駿真君との初夜を迎えるって決めてたの。だから、ネットとかですごい研究したの」

「そうか……」

改めて思う。美女にこんなことを言われたら、こんなに嬉しいことはない。この女は自分のことを大好きで、セックスの予習までしたと分かれば、今後も関係を持ち続けたいと強く思っただろう。

でも、相手は鞠子なのだ。ものすごく太った、駿真の理想のタイプとはかけ離れた、なのに駿真を脅迫し、正式に結婚までさせられてしまった女、鞠子なのだ。

「ねえ、腕枕して」

鞠子が駿真の腕を引っぱり、ベッドに添い寝させられた。セミダブルベッドでも添い寝する相手が鞠子なので、油断したら床に転落しそうになる。鞠子は強引に、駿真の右腕に頭を乗せてきた。とてつもなく重い。

「ちょっ……ごめん、血が止まる」駿真は思わず本音を言ってしまった。

「もう〜」鞠子が笑って口を尖らせる。

何が「もう〜」だ、牛の真似か——と駿真が心の中で吐き捨てたところに、また鞠子が濃厚なキスをしてきた。

ああ、こんなことが一生続くのか、マジか……。心の中で何百回嘆いても嘆き足りなかった。結婚するなら、この俺と釣り合う美人しかありえない。美人と毎日セックスをするのが男の幸せだ。そう信じて今まで生きてきたのに、こんな事態に陥ってしまったのだ。

なんとかしてこの状況を打開しなければいけない、鞠子と別れられるような策を講じなければいけない——。そう思ってはみても、有効な策など一つも思いつかなかった。

8

翌日の月曜日から金曜日までは、鞠子が仕事に出かけた。とりあえず昼間は鞠子から解放されたのが、せめてもの救いだった。

ただ、その週の駿真の仕事は、低予算映画の数時間の打ち合わせが一つあっただけで、あとは全部休みだった。どうやら駿真は今かなり暇なようだと、鞠子も勘付いてしまったのだろう。ある夜、駿真は鞠子に、遠慮がちに言われた。

「あれだよね。俳優さんっていうのは、次の仕事までの待ち時間っていうのが、結構長いんだよね？　駿真君も今は、そういう時期なんだよね」

駿真は気まずく「ああ……」とうなずくしかなかった。「今は」ではなく、これぐらい暇な時期はざらにあるし、そんな状態が何年も続いているのだと、正直に打ち明けることはできなかった。

その低予算映画の打ち合わせの際にも、実は結婚したということを、田渕マネージャーに報告するか、迷った末に結局できなかった。本来なら、イケメン俳優で売っている駿真が、所属事務所に内緒で結婚するなんて、あってはならないことだろう。だが、事務所に報告すれば、たぶん公式に発表されてしまう。公式発表されれば、鞠子に強いられた婚姻関係を当分は続けざるをえなくなってしまう。それだけはどうにか避けたかった。

一週間同棲しても、やはり脅迫者の鞠子に対して愛情なんて湧くはずがない。なんとかこの状況から逃れられないか。駿真が考えることはそればかりだった。

鞠子が仕事に行っている間に一度、冬川理沙に『今日ヒマ？』とＬＩＮＥしてみた。あわよくば、鞠子とのセックスの口直し的な感じで、理沙と久々にできないか、なんて下心もあった。しかし理沙からは『昨日からロケで北海道。帰るのは来週』と返信が来てしまった。

理沙も駿真と同様、売れているとは言い難いものの、たまに映画やドラマにお呼びがかかるので、北海道ロケとなったら会うことは叶わなかった。

くそ、俺はマジでこのまま一生、鞠子としかセックスしかできないのか――なんて落ち込みながらも、駿真は結局、平日五日間のうちの四日、鞠子としてしまった。

鞠子が仕事で疲れていた水曜日以外、毎晩必ず鞠子の方から求めてきたのだが、駿真も悲しいかな性欲は溜まる。そして、難しいなりに、徐々にパターンができていった。

部屋をほぼ真っ暗にして、鞠子の裸体がよく見えないようにしながら、鞠子に手と口を使って勃たされる。どうにか勃ったところで正常位で素早く挿入し、目をつぶりながら、理沙やその前に抱いた、ワンナイトを含めて数十人の女たちを思い出して懸命に腰を振る。まるで家畜の種付けのようだったが、駿真の悲しい性欲も一応は解消され、鞠子も上機嫌になるので、こうするしかなかった。

「赤ちゃん、いつできるかな」

鞠子はセックスの後、嬉しそうに言った。駿真は「ああ……」とどうにか笑顔を作って応じつつ、このままではいずれ本当にそんな時が来てしまうのだろうと考えて、ますます恐ろしくなった。

なんとかこの状況を打破できないか、相変わらず断続的に考えてはみるものの、やはり妙案など何も思い浮かばなかった。強いて言えば、駿真が捕まらないような完全犯罪で鞠子を殺して、あのひき逃げの動画もすべて消去する——ぐらいのことをするしかないだろうけど、そんな大それた犯罪を実現できる自信などまったくない。やるとなったら鞠子の両親も欺かなくてはいけないから、ただ殺して埋めるとかではいけない。病死や事故死に見せかけて、鞠子の両親にも警察にもバレずに切り抜けなければいけないのだ。そんな方法、ミステリー作家でもなければ思いつかないだろう。いや、ミステリー作家でもハードルが高すぎて思いつかない奴はいるだろう。たとえば、ミステリーより笑いに走りがちな元芸人の作家なんかじゃ絶対に思いつかないだろう。

結局、駿真は状況を何一つ変えられないまま、土曜日を迎えた。

「こっちから持って行く物は、本棚と衣装ケースぐらいでいいかなあ」

鞠子が、一人で楽しそうに喋っている。駿真はそれを、ただ無言で聞いている。もう何度も繰り返された光景だ。

当初の予定通り、この土日で本格的に、鞠子のアパートから駿真のマンションに荷物を移動させ、引っ越しすることになってしまった。鞠子のアパートの部屋で、鞠子だけが上機嫌に荷物を見つくろっている。

ベッドの傍らの窓からは、あのひき逃げ現場が見える。当然ながら、鞠子が撮ったあの動画と同じ角度で見える。ああ、あの日に戻れれば、あの老人をひいてしまう十秒前でもいいから戻れれば、今度はちゃんとよけるのに——。悔やんだところでどうにもならないと分かっていても、駿真は考えずにはいられなかった。

「じゃ、とりあえずこれ運んで……って、何ぼおっとしてんの？」

鞠子に声をかけられ、駿真は「えっ、ああ」とうなずく。

「本棚、運んでもらえる？　まず本を段ボールに入れて、それから棚と両方運ぼう」

「分かった……」

鞠子に指示され、屈辱感を覚えながらも、駿真は本棚の本を段ボール箱に移し替えた。と、その途中で、ふいに鞠子が言った。

「ほらこれ、駿真君の写真集。それとこの辺が、駿真君が出た映画やドラマの原作小説で、ここは全部、駿真君が表紙になった雑誌」

「ああ……」

たしかに、本棚の一角は、すべて駿真関連の本だった。もっとも、映画やドラマの原作小説など、駿真もろくに読んでいないのだが。

「もっと嬉しそうにしてよ」

鞠子が、駿真の薄いリアクションを見て口を尖らせた。口を尖らせても、脂肪で膨らんだ頬の方が前に出ている。

「ん、ああ……」駿真は笑顔を作った。「ありがとう、買ってくれて」

「んふふふ」

鞠子が笑った。脂肪の塊のような丸顔に、くしゃっと皺が寄る。コンビニの肉まんの上の皺を駿真は連想した。この巨大肉まんの機嫌を取りながら今後も生きていくのか、と心の中で泣きながら、駿真は作り笑顔を返し、荷造りを続行した。

本を詰めた重い段ボール箱を、アパートの外の駐車場まで運ぶ。こうなったら肉体労働に集中した方が、精神の崩壊を避けられそうだ。駿真は駐車場に停めた愛車まで歩き、手前で箱をいったん地面に置き、リモコンキーで解錠する。続いてバックドアを開けて、重い箱を再び持ち上げて運び入れる。好きな女のためだったとしても、なかなかの重労働だ。それを今、好きでもなんでもない女のためにやっているのだ――。屈辱を何度噛みしめても悲しくなるだけなのに、それでも同じことを考えてしまいながら、駿真は車のドアを閉めた。

するとその時だった。

「あれ、堂城君？」

背後から声が聞こえた。聞き覚えのある声だ。

振り向くと、そこにいたのは、所属事務所の副社長の鏑木優子だった。今日は休日のようで、シャツにジーンズというラフな装いだ。鏑木副社長とは家が近所で、ばったり会ったことが過去にも何度かあったが、よりによって今日遭遇してしまうとは思わなかった。

「あ……お疲れ様です」駿真は頭を下げた。

「段ボール運んでたよね？　堂城君、引っ越しでもするの？」

「いや、僕は引っ越さないんですけど……」

駿真はそう言ってすぐ後悔した。「引っ越しではない」と言うべきだった。「僕は引っ越さない」だと、じゃあ誰の引っ越しなのか、その相手とはどういう関係なのかも説明しなければいけない。だが、相手が鞠子という女で、ひき逃げの証拠映像を撮られて脅迫されて結婚させられてしまった――なんて説明できるはずもない。

どうしようかと迷っているうちに、小さな段ボール箱を持った鞠子がやってきた。

「どうしたの、駿真君」

鞠子に声をかけられる。それを見て当然ながら、鏑木副社長が尋ねてくる。

「えっと、こちらの方は？」

どうしよう、何と答えよう……と駿真が口ごもっている間に、鞠子が自ら答えた。

「はじめまして、駿真君の妻です。堂城鞠子と申します」

「えっ……」鏑木副社長は、目を丸くして絶句した。

「あ、あの……すいません、ご報告が遅れて」

駿真は頭を下げた。こんなところで、あまりに唐突な報告をすることになってしまった。

「で、その方は……」

今度は鞠子が、鏑木を遠慮がちに指し示しながら駿真に尋ねてきた。しかし、やはり駿真より先に、鏑木が自ら答えた。

「あ、私は、アモーレプロダクションの副社長の、鏑木優子です」

「ああ、事務所の副社長さんでしたか！　どうもはじめまして、主人がいつもお世話になっております」

鞠子が一丁前に、駿真を「主人」と呼びながら頭を下げた。

鏑木は、大きく見開いた目で鞠子と駿真を交互に見て、たどたどしく質問してきた。

「あの、二人は……本当にその、正式に結婚、してるの？」

「はい、結婚しました。先週、婚姻届を出しました」

鞠子がはっきりと言った隣で、駿真も静かに頭を下げた。それが事実なのだから、認めるしかなかった。

「あ、先週？　ああ、そうだったの。いや～、そうか～」

鏑木は好奇心に満ちた表情になって、駿真と鞠子を何度も見比べた後、おもむろに言った。

「ちょっと、このあと時間ある？　一緒にお昼食べない？」

近所の和食レストランの個室で、しきりにうなずく鏑木副社長に対し、鞠子は語った。

「ずっと駿真君の大ファンだったんですけど、まさか道でばったり会えるなんて思わなくて、もう嬉しすぎて、当たって砕けろで『結婚を前提にお付き合いしてください』なんて口走っちゃったんです。そしたら、なんと駿真君が『ここまで本気で言ってくれてるなら断る理由がない』って応えてくれたんです。それが三ヶ月ぐらい前のことなんですけど、まず最初のデートは――」

「いや〜、驚いたわ〜」

鞠子は、先週末に両親に話した時よりも、さらに細部まで作り込まれた嘘の馴れ初めを、鏑木に対していきいきと披露した。

「動物園デートで、ゴリラがフンを投げてきた時、とっさに前に立ちはだかって守ってくれたんです。あの時の駿真君は、まさにヒーローでした。まあ、そのあとのTシャツの処分が大変だったんですけど――」

「駿真君が出た映画『お隣さんが殺し屋さん』を、二人で見に行ったこともありました。スクリーンに駿真君が出てきた時は、私にとってはご本人登場みたいな感じで、何度も隣の席の、本物の駿真君をチラ見しちゃいました。まあ駿真君は、途中で殺し屋に殺されちゃう役だったんですけど――」

鞠子の、何もかも全部嘘の妄想エピソードを聞きながら、駿真はもう何度目か分からない寒気を覚えていた。

「それは全部、鞠子さんがいきなり告白、というかプロポーズをして、二人が結婚を前提に付き合ってた、三ヶ月の間のこと？」

いくつかのエピソードを聞いた後、鏑木副社長が尋ねた。鞠子は満面の笑みでうなずく。

「ええ、私にとっては人生最高の期間の出来事です。ああ、もちろんその期間が、今もずっと続いてるんですけど」

「すごいねえ、堂城君。いきなりプロポーズされてＯＫしちゃうなんて、意外と大胆なことするのねえ」鏑木が駿真に向き直る。

「ええ、まあ……」

駿真は作り笑いであいづちを打ちながら、心の中では絶望していた。

鏑木優子は、駿真の所属するアモーレプロダクションの副社長という肩書きだが、創業者の社長は高齢で半ば隠居状態のため、今や事務所の実質的リーダーなのだ。その鏑木に知られてしまった以上、誰にも知られないうちになんとか結婚を取り消すという道も、もう完全に断たれてしまったのだ。

「いや、本当だったらね、結婚したなんていう大ニュースは、すぐ事務所に報告してほしかったんだけど」鏑木が困ったような笑顔で言った。

「すいません、本当に」

駿真が頭を下げた。隣で鞠子も頭を下げた。まるで本物の妻みたいに振る舞いやがって、と駿真は苛立ちを覚えたが、そういえば本物の妻なのだ。一週間経ってもまるで実感が湧かないし、受け入れがたい事実だった。

「ただ、この結婚に関しては、ちょっと特別ね……。あのね、駄目で元々なんだけど」

鏑木はそこで、鞠子に思わぬ提案をした。

「鞠子さん、テレビに出たりすることって、できないかな？」

「えっ？」

鞠子と駿真が、同時に声を上げた。

「あの……正直に言うね。まあ堂城君にとっては、ちょっと耳の痛い話になるけど」

鏑木は、そう前置きしてから説明した。

「堂城君はここ何年か、ちょっと俳優として伸び悩んでたの。はっきり言って仕事も減ってたし、ここ最近は番手も下がってたし。——ああ、番手っていうのは、ドラマや映画のキャストの何番目に名前が載るかっていう、要は役の重要度のことなんだけど」

鏑木が、業界用語の解説も挟みながら鞠子に説明する。駿真も自覚していたこととはいえ、副社長から直々に言われるとやっぱり傷付いた。

「うちが大きい事務所だったら、もう少し強引に仕事も入れられたかもしれないけど、うちは規模としては中ぐらい、いやそれよりも小さいぐらいの事務所だからね。このままじゃ、堂城君の仕事は減っていく一方で、どうしたもんかなって感じだったの。もちろん、固定ファンもいるにはいるんだけど、はっきり言っちゃうと、バレンタインチョコも昔は事務所に何十個も届いてたのに、ここ最近は一個しか来てなかったしね」

「えっ、そうなんですか」鞠子が目を丸くした。

くそっ、副社長言いやがった——。駿真は心の中で舌打ちをした。

「あっ、もしかして、あの一個って……」

鏑木が言いかけると、鞠子が頰をぶるんと揺らしてうなずいた。

「はい、私です！」

「そうだったの～。まあ、そういうことになるよねえ」鏑木が感激した様子でうなずいた。

「本当にありがとうねえ、鞠子さん。ずっと堂城君を応援してくれてたのね」

「いえいえ、愛してるから当然です」

そのやりとりを、駿真は作り笑いで見守るしかなかった。鏑木はさらに語る。

「とにかく、堂城君みたいな二枚目俳優の結婚のニュースっていうのは、本来ならちょっとマイナス要素ですらあるんだよね。数少ないファンが……ああごめん、少ないってはっきり言っちゃったけど、あんまり多くない固定ファンが、結婚にショックを受けて離れちゃうようなこともあるからね」

鏑木は、一呼吸置いてから、鞠子を見つめて言った。

「でも、結婚の相手が一般人で、しかもその……鞠子さんみたいな人だっていうのは、むしろ公(おおやけ)にした方が、ブレイクのチャンスになるんじゃないかと思うの」

すると鞠子は、微笑みをたたえて言った。

「私みたいな人っていうのは、デブでブスってことですよね」

「いや、あの……」

鏑木は言いよどんだが、鞠子は笑って太い首を振った。

「いいんです、自覚はありますから。それに、私もメディアに出るとなったら、そういうこともちゃんとわきまえてなきゃダメですよね？」

どうやら、鞠子は乗り気らしい。駿真は、目の前でとんでもない交渉が進んでいくのを、なすすべもなく見守るしかなかった。

「うん……助かります」鏑木はうなずいてから率直に言った。「そう、その通り。決して美人じゃない一般女性と結婚したイケメン俳優。それも、道端で当たって砕けろでプロポーズしてきたファンの女性と、三ヶ月の交際を経て本当に結婚しちゃった――。芸能界の歴史の中でも稀な、いや、もしかしたら史上初のケースじゃないかと思うの」

実際は、ひき逃げの動画をネタに脅迫されて結婚させられたという、間違いなく史上初のケースなのだが、駿真がそんな真実を明かせるはずもない。

「だから、堂城君が結婚を発表するのと同時に、『お相手はこの方です』って鞠子さんがメディアに顔を出してくれれば、間違いなく話題になるし、堂城君の再ブレイクのきっかけになる可能性もあると思うの」

鏑木の言葉に、鞠子は力強くうなずいた。

「私がお役に立てるのなら、ぜひやらせていただきます」

「ありがとう!」

鞠子と鏑木は握手を交わした。完全に意気投合してしまった。

「それじゃ、とりあえず発表用に、ツーショット写真だけもらっていい?」鏑木がスマホを取り出す。「今のスマホのカメラは、資料用の写真にならら全然使えるぐらいの画質だからね。

あ、そこの白い壁をバックに並んでもらえるかな？」

あれよあれよという間に、駿真は鞠子とのツーショット写真を、鏑木のスマホで撮られてしまった。

「こんな感じ。どう？」

鏑木が、満面の笑みの鞠子と、心なしか引きつった笑顔の駿真の写真を見せてきた。

「わあ、いいと思います」鞠子は嬉しそうにうなずいた。

「堂城君も、これでいいよね？」

「え、あ、はい……」

改めて見ると、やはり強烈だった。自分で言うのもなんだが、まさに美男と野獣だ。この写真が世の中に発表されてしまうのか——。どんどん進んでいく展開に、駿真はただ翻弄されるしかなかった。

そんな鏑木副社長との昼食会を終え、引っ越し作業に戻る時に、鞠子に言われた。

「ああ、そういえば、バレンタインにチョコ送ってたの、私だけだったんだね」

「あ、うん……そうだったんだな」

この話題にはなってほしくなかったが、駿真はうなずくしかなかった。駿真の人気が落ち目であること、そしてバレンタインチョコを送ってくるほどのファンは今や鞠子しかいないということを、鞠子に全部知られてしまったのだ。なんだか弱みを握られたような気分だった。まあ、もっとどんでもない弱みを握られているのだから、今さら落ち込むことでもないのだが。

「やっぱり、私は日本一のファンなんだよ。分かってくれたよね」

「……うん」

駿真は屈辱感にまみれながら、笑顔を作ってうなずいた。

9

駿真と鞠子の結婚は、鏑木副社長と会った翌日に、アモーレプロダクションから正式に発表された。

反響は予想以上だった。その一報は各メディアで、今の駿真の人気とは釣り合わないほど大きく扱われた。

もし、駿真が大半の俳優と同じように、顔出しNGの一般女性と結婚したというだけのニュースだったら、大した反響はなかっただろう。だが、事務所から発表された「ファンの女性に道端で声をかけられ、結婚を前提に付き合ってくださいと言われたのを真に受け、交際三ヶ月で本当に結婚した」というエピソードと、鏑木副社長がスマホで撮ったツーショット写真は、世間に絶大なインパクトを与えた。

『マジでこの人と結婚したの？』『嫁超ブスワロタ』『堂城駿真って目腐ってんのか？』などというニュースサイトのコメントは、すぐに駆逐された。『奥さんの見た目を笑う奴、マジ最低だと思う』『三ヶ月交際して、本当に性格がいいと思ったから結婚したんでしょ』『美男美女でくっつく芸能人カップルよりよっぽど好感が持てる』『堂城駿真こそ真のイケメン』『マジで全女子のヒーロー』などという賞賛のコメントが、すぐに各ニュースサイトのコメント欄にあふれた。

そして、セックスフレンドでありマリファナフレンドだった、冬川理沙からもＬＩＮＥが来た。

『結婚おめでとう。先週ＬＩＮＥしてきた時、この報告をしたかったんだよね？　ビックリしたけど、これでいいと思う。これからは奥さんを大事にしてね』

違うんだ。望んで結婚したんじゃないんだ。最後に理沙と会ったあの夜にひき逃げをして、その弱みを握られて結婚させられたんだ。先週の『今日ヒマ？』というＬＩＮＥも、最後になるかもしれない理沙とのセックスができないかと、すがる思いで送ったんだ。——そう返信したかったが、さすがに理沙にも真相を話すことはできない。理沙がうっかりその内容を誰かに話してしまったり、ＬＩＮＥが流出したりしたら、駿真は終わりなのだ。結局、何も返信しないまま終わった。

もう理沙とセックスはできない。いや理沙どころか、社会通念上、鞠子以外とセックスすることは許されないのだ。これは駿真にとって絶望的な事実だった。たくさん金を稼いで、美人の恋人を持って、セックスをする。それが駿真にとって、芸能人としての最大の目標であり、生きる目的そのものですらあったのに、もう叶えられなくなってしまったのだ。

なのに世間は、そんな駿真をもてはやしている。女を見た目でなく中身で選んだから鞠子と結婚したのだと思い込んでいる。まるで違うのだ。真相は正反対なのだ。俺は女を見た目で選ぶタイプの男なのだ。『嫁超ブスワロタ』『堂城駿真って目腐ってんのか？』なんて書き込む奴と同じ側の男なのだ。――駿真は世間に向かって大声で叫びたかった。

だが、そんな気持ちとは裏腹に、仕事のオファーは続々と届いてしまった。

「堂城さん、バラエティのオファーがありましたよ！」

結婚発表の翌日に、早くもマネージャーの田渕から弾んだ声で電話があった。

「テレビ夕日の深夜の『超レアさんがやってきた』って番組分かりますよね？　あの番組から『初対面のファンのプロポーズに応えて本当に結婚しちゃった超レア俳優』ってことで、

夫婦揃ってゲストで呼ばれました。スケジュール的には全然大丈夫なんで、受けていいですよね？」

断れる立場でないことは自覚している。駿真は「はい」と承諾するしかなかった。せめて低いテンションで返事をして、乗り気でないことを気付かせようとしてみたが、田渕が察してくれた様子はなく、何の意味もなかった。

俳優として、思ってもみなかった売り出し方をされようとしている。しかし、それを止める術などなかった。ひき逃げをしてしまったあの日から、駿真の思い通りに物事が運んだことなど一度もなかった。

そんな中、あのひき逃げの直後に撮影した刑事ドラマ『守護霊刑事』の、駿真が出演した第三回が放送された。すると、初回と第二回に比べて視聴率が跳ね上がり、深夜十一時台のドラマにしては異例の高さになったとネットニュースで報じられた。鞠子との結婚が話題になってから初めて放送された駿真の出演作だったので、「あの堂城駿真が出てるじゃん」と多くの視聴者が興味を持ったようだった。

自分の出演回だけ視聴率が上がるなんて、俳優としては名誉なことだ。だがその名誉は、不本意極まりない、脅迫による結婚によってもたらされたのだ。俺はこの先どうなってしまうのだろう——。不安でいっぱいだったが、この荒れ狂う追い風を、帆が壊れてしまいそうなほどの順風を、自力で制御することなどできそうになかった。

10

『超レアさんがやってきた』の収録日が、あっという間にやってきた。鞠子と二人での、初めてのバラエティ番組出演だった。

この番組はタイトル通り、きわめて珍しい体験や境遇の持ち主をゲストに迎えて話を聞くという内容の、テレビ夕日の深夜のバラエティ番組だ。漫才コンビ「ヘプバーン」のツッコミ担当の若森（わかもり）という、中堅ながら名MCとして名高い芸人が司会を務めていて、入れ替わりの激しい深夜バラエティ枠の中で、もう五年以上も放送されている人気番組だ。

事前のスタッフとの打ち合わせでは「馴れ初めをありのまま話してくれれば、あとは若森さんやゲストさんで笑いにしてくれます」と言われた。じゃ、俺が大麻使用後にひき逃げしたのを鞠子に撮られて、脅されて結婚したという事実をありのまま話せば笑いにしてくれるんですね――なんて心では思っても言えるはずがなく、結婚発表の通りの偽りの馴れ初めをスタッフの前で披露し、その翌週にはもう収録本番を迎えたのだった。

「今日のゲストは、今話題の俳優、堂城駿真さんと、奥さんの鞠子さんです」

女性アナウンサーに紹介され、駿真と鞠子は揃ってスタジオに登場する。

「まずは、ご結婚おめでとうございます」

「ああ、ありがとうございます」

鞠子と並んで頭を下げる。思えばトーク番組に出るのも久しぶりだ。二十代の売れていた頃に、ドラマや映画の宣伝で出たことが何度かあるが、最近の駿真は宣伝要員に選ばれるほど重要な役などもらえていなかったので、こういう番組も長らく出ていなかった。

そんな番組に、駿真は今、脅迫して結婚を強要してきた女とともにゲストとして招かれ、数百万人の視聴者を、まったくの作り話で欺こうとしているのだ。つくづく、とんでもない異常事態だ。

「いや〜でも、あの結婚発表はかなり話題になりましたよね」司会の若森が言う。

「ああどうも、おかげさまで」駿真が頭を下げながら返す。

「あのツーショット写真を見て、日本中に衝撃が走りましたよね」

ゲストで準レギュラーのお笑い芸人、平成イブシモヤシの吉浦（よしうら）が言った。すると、すかさず鞠子が笑顔で返した。

「美男と野獣ですもんね」

「いやいや、鞠子さん何をおっしゃってるんですか！」

司会の若森が慌てたように制したが、実際その通りなのだ。イケメン俳優がブスと結婚したというニュースだったから、あそこまで話題になったし、世間から好感を持って受け止められたのだ。もし鞠子が美人だったら、「初対面のファンの求婚を真に受けて本当に結婚した」という駿真のエピソードは、ただ美人に誘惑されたというだけの話にすぎないし、むしろ世間の反感すら買ったかもしれない。駿真がにわかに獲得した好感度と話題性は、間違いなく鞠子がブスだったからこそ、世間様から授けられたのだ。

しかし今の時代、ブスなどという言葉は、バラエティ番組でもほぼ禁句となっている。ここから番組は、「いかにブスと言わないか大喜利（おおぎり）」のゾーンに突入した。

「ほら、その……すごく魅力的な、わがままボディでね」吉浦が言う。

「わがままにも程がありますよ」

鞠子がすぐに自分の腹を触りながら返し、スタッフから大きな笑いが起きる。

「いや、でも、あれですよね……平安時代の美人っていう感じですよね」

「生まれるのが千年遅かったですよねえ。今じゃブスなんですから」

また鞠子が笑いながら自虐する。

「やめろ吉浦、鞠子さんから次々と引き出すな！」

司会の若森が制した。スタジオには爆笑が起きた。その様子を間近で見ながら、駿真は鞠子の思い切りのよさに感服せざるをえなかった。

「堂城さんも『そんなことないよ』って言ってください。奥さんがこんなに自虐しまくってるんですから」

司会の若森が駿真に話を振った。

「ああ、僕は、あの……」

とっさに話を振られた駿真は、でもさすがに鞠子が美人だとか言うのは無理があるよな、と瞬時に考えた末に、こう口走った。

「僕は、彼女の見た目とか、そういうのは全然気にしない人間なんで」

「格好いい〜」

ゲストのギャルタレントの、げちょぱが歓声を上げた。

「こういうところに惚れたんです」

鞠子が、駿真の肩に触れて微笑んだ。駿真も愛想笑いを浮かべる。

「さすが〜」

「素敵〜」

「いや〜、これこそが本当の愛ですよね」

駿真が口々に賞賛される。とっさに口走った言葉が、まるで名言のように扱われてしまった。よく考えたら、鞠子について「見た目は全然気にしない」と言った時点で、遠回しにブスだと認めたに等しいような気もするが、バラエティ番組はその場の雰囲気でどんどん進行していく。名言だという雰囲気になったら、ここではもう名言なのだ。

「それでは、すでにご存じの方も多いと思いますが、お二人の馴れ初めをご紹介させていただきます」

女性アナウンサーがそう言って、駿真のデビュー以来の経歴と、そんな駿真の大ファンとして生きてきた鞠子の半生を、特製のパネルを使って紹介していく。――デビュー後まもなく『ウルトラライダー竜王』の主演に抜擢された駿真。そんな駿真の姿を、大学時代にたまたま早起きしてつけたテレビで見て釘付けになり、それ以来大ファンになった鞠子。それから時は流れ、ある日鞠子が道を歩いていたら、憧れの駿真にばったり出くわす。こんなチャンスは二度とないと思い、「結婚を前提にお付き合いしてください」と口走ってしまう鞠子。すると駿真は、意外にも快諾し、その後デートを重ねたのち、交際三ヶ月で本当に結婚してしまった――。

「いや～、まさに超レアさん、嘘みたいな本当の話ですよね」

吉浦の言葉に、駿真は作り笑いでうなずく。

「ああ、そうですかね……」

嘘みたいな本当の話ではないのだ。完全に大嘘なのだ。この番組は大嘘を真実として放送しようとしているのだ。BPOに教えてやりたいぐらいだ。

「初対面で『結婚を前提に付き合ってください』って言われて、なんで本当に付き合おうと思ったんですか？　正直、かなりヤバいファンじゃないですか」若森が言った。

「まあでも……ここまで言ってくれるなら、本気だろうと思ったんで。僕も、女性と遊びで付き合うとかは考えてなかったし」

駿真が用意していた大嘘を返すと、また出演者たちから感嘆の声が上がる。

「すご～い」

「素敵～」

「好感度爆上がりじゃないですか～」

全部嘘なんだよ。本当はひき逃げの瞬間を撮られて脅されて結婚したんだよ。その真実を発表しようものなら好感度爆下がりなんだよ——。何もかも白状してこんな茶番をぶち壊してやろうかと、駿真は収録中に何度も思った。でも、衝動的にそんなことをすれば、その先に待っているのは刑務所生活。どっちがましかと言われれば、鞠子との夫婦ごっこを見世物にして稼ぐこっちの方が、まだましなはずなのだ。

まあ、何一つ思い通りにならず、自分の本心を殺し続けるしかないこの日々は、もはや刑務所とそんなに変わらないような気もしてきたが。

11

駿真の俳優業以外の仕事、そして鞠子とセットの仕事が、どんどん増えていった。与えられた台詞を喋るのだって大して上手くないのに、フリートークなんて駿真は全然得意ではない。でもバラエティ番組というのは、ありがたいことに周りの芸人に合わせていれば、おのずと笑いに変えてもらえる。「デブでブスな女性ファンの求婚に応じて本当に結婚しちゃった俳優」というキャラクターは、その素材だけで十分価値があるようだった。

思えば以前の駿真は「イケメン俳優」というだけの、芸能界に掃いて捨てるほどいるキャラクターだった。だが今の駿真は、芸能界でも唯一無二、それどころか史上初の、とてつもなく希少な個性を持っているのだ。

そんな中、また鞠子とセットで出演した『べしゃりセブン』という番組が、さらなる飛躍のきっかけになってしまった。

『べしゃりセブン』は、ベテランコンビの「びぃふしちゅー」、ベテラントリオの「マーキュリー」、中堅コンビの「モラトリアム」という、七人の手練れのお笑い芸人のもとにゲストが呼ばれる、夜九時台の人気トークバラエティ番組だ。駿真と鞠子は、夫婦でゲストとして呼ばれ、はじめは他の番組と同様に夫婦の馴れ初めなどを話していたのだが、この番組は、その場のノリでゲストにミニコントのようなことをさせる場面が多いのが特徴だった。

駿真は、ウルトラライダー時代の変身ポーズを「やってみてくださいよ」と言われて、言われた通りに披露したのだが、その後もあらゆる質問の前に「あ、一回変身ポーズしてからお願いします」と、びぃふしちゅーのボケ担当の梨田(なしだ)に要求され、「好きな食べ物は何ですか」「趣味は何ですか」などと聞かれるたびに、いちいち変身ポーズを披露してから「唐揚げです」「映画鑑賞です」などと答え、司会役のびぃふしちゅーのツッコミの下田(しもだ)に「ポーズの時間無駄だよ!」「さっさと答えろ!」などとツッコまれるというくだりが、スタッフにも観覧客にも大いにウケてしまったのだ。間違いなく、駿真が人生で聞いた中で最大音量の笑い声だった。正直、駿真の心の片隅には「こんなにウケて嬉しい」という気持ちが芽生えてしまった。

そして、この変身ポーズのくだりが、のちに大きな武器となった。

『べしゃりセブン』は、駿真と鞠子の結婚の話題性が少しでもホットなうちに、という意図もあってか、収録後すぐにオンエアされた。すると、それが呼び水となって、続々と番組出演が決まったのだった。

まずは、クイズバラエティ番組のゲスト解答者のオファーが来た。話題になっている芸能人が、真っ先に呼ばれやすい番組の一つだ。

その現場でも、「ウルトラライダーの変身ポーズのくだり」は大ウケした。

まず、駿真が早押しクイズでボタンを押した後で、腕をぐるぐる回し、肘を張って斜め上に突き出し、十秒近く使って変身ポーズをとれば「いや、その時間使って考えてるだろ！」「ずるいぞ！」と、相手チームの芸人たちにたくさんツッコミを入れてもらえた。そして、しっかり変身ポーズをやりきった後でクイズに間違えると「結局外すんかい！」とこれまたツッコミが入って、さらに大きな笑いが起きた。駿真は元々無知なので、クイズ番組で出てくる問題の大半は、どんなに考えても正解が分からない。だから「これは絶対に正解できないぞ」という自信がある問題で、わざと早めに早押しボタンを押して、ポーズをとった後で解答すれば、確実に間違えて笑いが取れるのだった。

さらに、駿真と鞠子に、中堅のピン芸人が加わって、昼の番組のグルメレポートのロケをする仕事も入った。その現場でも、料理を一口食べた後「いやあ、この料理……」と言った後でウルトラライダーの変身ポーズを披露し、「おいしいです」と普通のコメントを言うと、芸人が「いやポーズの時間無駄！」といった感じでツッコミを入れてくれた。とにかく「変身ポーズのくだり」さえやっておけば、元来口下手な駿真でも、とりあえず一笑いとれるのだった。

それらの番組も続々とオンエアされると、次に呼ばれた番組では、台本に「ここで変身ポーズのくだり」なんて書かれるようになり、打ち合わせでもスタッフに「あのくだりお願いします」と言われるようになった。気付けば駿真は、バラエティ番組に引っ張りだこの、立派な売れっ子タレントになってしまった。その頃には、番組スタッフや事務所のマネージャーとも協力して作り上げた、ほぼ確実に笑いが取れる、いわゆる「鉄板パターン」がいくつも出来上がっていた。

まずは自己紹介。「どうも、みんなのヒーロー……」と言った後、やたら長く変身ポーズを披露してから「堂城駿真です」とやっと名前を言う。すると必ず「長いよ！」的なツッコミを、共演者の芸人から入れてもらえる。

次に、番組中にコメントを振られたら、ウルトラライダーに出てくる怪人などに無理矢理例える。たとえば衝撃映像を見て感想を言う番組だったら「あのトラックが突っ込んできた時の男の子の気持ちは、ウルトラライダー竜王が怪人ベリゴランに遭遇した時の気持ちと一緒だったでしょうね」と答えたり、クイズ番組でチームの勝利がかかった場面でコメントを振られたら「ゲルゴス将軍との決戦の前ぐらい緊張してます」と答えたりするようになった。

もちろん、十年前のウルトラライダーのキャラクターなんて、よほどのマニア以外誰も覚えていないので、「いや、そう言われても分かんねえよ！」的なツッコミを必ずもらえて、笑いが起きるのだった。

今のバラエティ番組で、ツッコミ役の芸人が一人もいないことはまずありえない。駿真がフォーマット通りにボケれば、誰かが処理して笑いを生んでくれた。収録前に、その日ツッコミ役になりそうな芸人に丁寧に挨拶をしておいて、その芸人が出ていた最近の番組について「あれすごい面白かったです。夫婦で大爆笑しました」なんてお世辞の一つでも言っておけば、みんな上機嫌でツッコんでくれるのだった。

駿真のバラエティ番組の仕事の半分以上は、鞠子もセットだった。鞠子はもっぱら、そんな駿真に「かっこいい～」「素敵～」などと声援を送る役だった。構図でいえば、林家ペーがダジャレを言って、パー子が「キャッハ～」と笑う、あのパターンに近かった。実際、バラエティ番組の出演が急速に増えていった時期に、ネット記事の見出しに「堂城夫妻は令和の林家ペー・パー」なんて書かれたりもした。本当は脅迫されて結婚したとも知らずにこんな記事書きやがって、と馬鹿馬鹿しくなって、その本文など読む気にもならなかったが。

それにしても、鞠子は肝が据わっていた。まあ、駿真を脅迫して無理矢理結婚したほどの女なのだから当然だ。その胆力はバラエティ番組でも大いに発揮された。前に出るべき時は確実に前に出て発言する。素人とは思えない思い切りのよさだった。

駿真が、思ったより笑いを取れない、いわゆるスベりかけた状況になった時、鞠子に助けられたことも何度もあった。それこそ、駿真が変身ポーズを長々とやった後で普通のことを言って、いまひとつ笑いが起きなかった時なんて、静かなスタジオで鞠子が「格好いい～」と言えば、そこで「いや、どこがだよ！」というツッコミとともに笑いが起こることも多かった。皮肉なことに、駿真にとって憎き脅迫者の鞠子が、バラエティ番組の収録現場では、最高に頼れる相棒となっていたのだ。

そんな駿真と鞠子は、とうとうバラエティ番組のレギュラーまで持ってしまった。『夜の猥(ワイ)ドショー』という、ネットテレビ局「ＩＢＥＭＡ(イベマ)ＴＶ(ティーヴィー)」の番組のレポーターを、何組かの若手お笑いコンビに交じって、一組だけ俳優の堂城夫妻が務めたのだ。

いかがわしい男女が集まって乱交まがいのことが起きるハプニングバーをレポートしたり、昆虫食専門レストランで夫婦で悶絶しながらタガメの唐揚げを食べたり、ラブドール工房のレポートでは、「好きなアイドルでも職場の同僚でも、顔と全身の写真をいただければオーダーメイドでその女性そっくりのラブドールを作れます」という、もはや法律的にアウトな感が漂う店にも取材に行った。鞠子はラブドールというもの自体の存在を初めて知ったようで、「こんな精巧な人形で、そういうことするんですね」と驚いていると、「そう、こんな精巧な人形と、性交するんですよ、ぐふふふ」と、側頭部の長髪をなびかせた禿げ頭の店主に、不気味な笑顔でダジャレを言われ、夫婦ともに言葉を失ってしまった。しかし、そのVTRを見ていたスタジオのMCの芸人たちは「いや、何か返したれや！」と笑いながらツッコんでいた。

また、催眠術師の自宅へロケに行った時は、夫婦揃って催眠術をかけられることになり、「今から意識がふわ～っとしてきて、二人それぞれ、夫婦の秘密を喋りたくなります」と、髪を黄色く染めた胡散臭さ最上級の催眠術師に言われてしまった。まさか俺たちの結婚の真相を言うわけにはいかない、かからないようにしないと、と気を張っていたら……全然かからなかった。

でも何か言わなくてはいけない。さて何を言おう、と考えていたら、先に鞠子が「さっきロケバスの中で、スタッフさんがいない間に夫婦でキスしちゃいました」と言った。そんなことは実際にはなかったので、鞠子も催眠術にはかかっていないのだとすぐに察し、すかさず駿真も「しかもディープキスでした」と言った結果、現場のスタッフも、VTRを見るスタジオも大ウケだった。

ちなみにその収録が終わった直後、催眠術師から声をかけられた。

「二人とも、ありがとうね。かかってないのに演技してくれて」

「えっ……」

「分かるよ、こっちだってプロだから。かかんない人はかかんないんだよ。二人ともかかってなかったよね」

完全に見抜かれていた。夫婦で「どうもすみません」と苦笑して、その現場を後にした。

そんな、いかがわしい現場への体当たりロケが主体の『夜の猥ドショー』は、あまり人気が出なかったのと、一度レポートしたハプニングバーが本当に摘発されてしまい、それを面白おかしく取り上げていたのが多少問題視されたこともあり、半年で終了してしまった。

とはいえ、夫婦二人で、どう転ぶか分からない現場にロケに行く機会が増えるにつれ、鞠子との間に、徐々に絆(きずな)のようなものが生まれてしまっていることは、駿真も自覚していた。

もっともそれは、愛し合う夫婦の絆には程遠かった。たぶんお笑いコンビのような、ビジネスパートナーとしての絆だろう。

本当にただの男女お笑いコンビだったら、どんなによかっただろう。でも駿真と鞠子は、まぎれもなく夫婦なのだ。家に帰ってもずっと二人きりで、寝食を共にし、鞠子からは忙しい日々の中でも二、三日に一回は夜に求められ、駿真も「こんなはずじゃなかった」なんて思いながらもしっかり応じてしまっているのだ。

果たして、本当の夫婦としての絆なんて、芽生える日が来るのだろうか——。

できることなら、いつか離婚したい。脅迫者と生涯添い遂げるなんてまっぴらだ。でも、夫婦でのバラエティ番組出演が増えるにつれ、もはや離婚なんて絶対にありえない状況になってしまった。駿真が今「離婚したい」なんて言い出そうものなら、鞠子はもちろん、事務所も世間も、おそらく日本中が「何言ってんだバカ！」と反対一色になることだろう。

となると、本当に一生添い遂げるしかないのか。ああ、なんてこった——。悲嘆に暮れたところで、駿真がそんな心の内を相談できる相手も誰一人いなかった。

12

鞠子が、十年来の推しの俳優である堂城駿真と結婚し、苗字が山路から堂城に変わってから、半年が経った。まさかこんな人生になるなんて、大袈裟でなく本当に夢のようだ。鞠子の人生は、まさに絶頂期を迎えている。

それにしても、鞠子は完全なる有名人になってしまった。アモーレプロダクションの副社長の鏑木さんが言った通り、駿真と鞠子の結婚は多少は話題になるだろうと鞠子自身も思っていたけど、ここまでとは思わなかった。鏑木さんはきっと、最初からこうなることまで見抜いていたのだろう。事務所の敏腕副社長の慧眼をまざまざと見せつけられた。

鞠子が派遣社員を辞め、テレビに出るようになると、学生時代の同級生や会社の同僚から『結婚おめでとう！』『テレビ見たよ、すごいね！』などという祝福、果ては『ちょっとお金貸してくれない？』という借金の申し込みまで、十数件のＬＩＮＥやメールが届いた。鞠子に友達が多かったら、たぶん何百件と届いていたのだろう。友達が少ない方でよかったかもしれない。

鞠子のこれまでの人生は、決して明るいものではなかった。子供の頃からデブとかブスとか、通算何百回言われてきただろうか。小さい頃はいちいち傷付いて泣いていたけど、小学校に入って柔道を習ってからは反撃も辞さないようになり、しつこく言ってきた男子を追い回して捕まえて、一本背負いでぶん投げて泣かせて、結果的に鞠子の方が先生に怒られたようなこともあった。でも、ああやって過去にさんざん鞠子を馬鹿にしてきた連中の、おそらく誰よりも、今の鞠子は大きな成功を勝ち取ったのだと思うと痛快な気分だった。まあ、勝ち取ったというよりは脅し取ったというべきかもしれないけど。

もちろん鞠子は自覚している。この美男と野獣カップルを、日本中が好奇の目で見ているのだ。外を歩いても、週に一、二回は「あいつ堂城駿真の……」「マジでブスだな」なんてささやく声が聞こえてくる。

とはいえ、テレビ番組の中で鞠子をデブとかブスとか言うことは、もう許されない。一昔前だったら、鞠子がこの立場でバラエティ番組に出ようものなら、芸人たちからそんな言葉を雨あられと浴びせられただろう。でも近年のテレビでは、美人でない女性に、まして芸能人ではなく名目上は素人の女性に、そんな言葉を吐くのはもはや禁止事項だ。だから鞠子を迎える番組の芸人たちは、「本当に美男美女カップルですよねえ」と見え透いた嘘を言ってみたり、「鞠子さんが奥さんだと、なんか安心できそうですよね」と漠然としたコメントでごまかしたり、「デブ、ブス」以外の言葉でいかに鞠子を形容するかという、往年の「英語禁止ボウリング」のごとき「デブブス禁止トーク」の様相を呈していた。

その空気を利用して、逆に鞠子の方から「いやブスならブスって言ってくださいよ!」とストレートに言うことで、テレビに出始めた当初は笑いをとっていたけど、それらの番組が何度か放送された時期に「堂城鞠子のあの振る舞いは、自虐のようで他の女性も大いに傷付けている」というネット記事を見つけてからは、それも控えるようになった。ただ、そうしたら結局、鞠子がバラエティ番組で笑いを取れる武器が一つ減ってしまって、代わりに駿真に黄色い声援を送るという林家パー子的ムーブに力を入れてみたけど、それはそれでSNS上では「ただのパー子のパクリ」なんて批判もされてしまった。

それどころか、ネット上で鞠子は、もっと悪意むき出しの言葉で「ブス」「デブ」「テレビで見たくない」などと非難されている。でも、そんな書き込みを見ても、鞠子は思いのほか傷付かなかった。だって、匿名でそんなことしかできない哀れな連中より、鞠子はずっと幸せなのだから。推しの弱みを握って結婚したという、前代未聞のシンデレラストーリーの主人公なのだから。この真相を誰にも教えてあげられないのが残念だ。両親にさえ本当のことは言っていない。

駿真も、結婚した当初は、鞠子と嫌々暮らしていたはずだ。それは仕方ない。

でも、徐々に駿真も、この生活を受け入れてくれている。きっと鞠子のことを、本当に徐々にではあるけど、愛してくれつつあるはずだ。

夜の生活も、だんだんうまくできるようになった。鞠子が気持ちいいかというと、正直そうでもない。でも、駿真が毎回最後までできているということは、駿真は快感を得られているということだ。それだけで鞠子は大満足だった。

また、駿真には申し訳ないけど、駿真が実家との折り合いが悪くて絶縁状態だったのは、正直ラッキーだとすら思えた。おかげで舅（しゅうと）や姑（しゅうとめ）との関係に悩む必要がなく、鞠子は自分の親孝行だけを考えられるのだ。今度、鞠子が稼いだ分のお金から、実家のリフォーム代も出そうかと考えている。栃木県の中でも特に寒い地域に建つ築三十年超の実家は、冬の冷え込みで家の中でも霜焼けができるほどで、昔から両親は「もし宝くじでも当たったら、家の窓を二重ガラスにして電動シャッターを付けたい」と口を揃えて言っていた。テレビ出演を重ね、今の鞠子の口座には、宝くじの一等前後賞とは言わないまでも、二等に当たったぐらいのお金は優に貯まっている。実家の窓の防寒を万全にしてあげられれば、今までで一番の親孝行になるだろう。

駿真との日常生活で、本気で直してほしいことは、ちゃんと言えば分かってくれる。たとえば、トイレの便座を上げっぱなしにしないでほしいとか、食器洗いを時々してくれるのはありがたいけどもう少し丁寧にやってほしいとか。疲れてる時なんてつい口調が厳しくなってしまう時もあるけど、駿真は鞠子の指示に従ってくれる。

駿真は家では口数が少ない。「もうちょっと喋ってよ」と結婚以来何度も言っているけど、「俺、元々静かな方だから」と言われてしまう。家で会話があまり盛り上がらないのは寂しいけど、たぶん駿真は本当に物静かではあるのだろう。鞠子の父親の武広がお喋りな方だから、駿真が余計に静かに感じられてしまうという面もあるだろう。

とにかく、夫婦の生活は軌道に乗ってきている。これからますます、夫婦として幸せになれるに違いない。鞠子はそう信じている。

夫婦セットの仕事がすっかり定着し、スタッフや共演者の前では気を張っておしどり夫婦を装っていても、駿真は家に帰るたびに、必ず惨めになる。こっそり吐いていたため息も、最近はもう吐き尽くして出なくなってきた。

鞠子の嫌なところは山ほどある。見た目はもちろんだが、ヒステリーを起こされるのが本当に嫌だ。「トイレの便座上げっぱなしにしないでって何回も言ってるでしょ！」とか「食器洗うんだったらもっと丁寧にやってって言ってるでしょ！」とか、金切り声で言われると聞き入れるしかない。なんでこんな言い方しかできないんだ。こいつ本当に俺のファンなのか……なんて思うこともしばしばだ。

また駿真は、家での口数の少なさを鞠子に指摘され、「俺、元々静かな方だから」と言い訳をしたが、実際はそうでもない。たとえば冬川理沙と二人の時なんて、むしろ饒舌なぐらいに喋っていた。駿真の家での口数が少ないのは、単に鞠子と話したくないからだ。話が弾むとしたら、仕事の反省や今後の出演番組の対策を練る時ぐらい。結局はお笑いコンビと同じビジネスパートナーにすぎない。——と言ってしまうと、唯一許された性欲解消法としてセックスを時々してしまっていることの説明がつかなくなるのだが、とにかく駿真と鞠子の関係は、世間一般の新婚夫婦とは程遠いだろう。

しかし、家の外では、本物のおしどり夫婦のふりをするしかない。夫婦セットの仕事の時、駿真はスタッフがいる前では、顔面に微笑みを貼り付けながら鞠子と会話しているし、もちろん収録の本番中は、一瞬たりともラブラブなふりを解除することは許されない。愛してもいない女と仕事でもいちゃつかなければいけないなんて、まったく職場でも気が休まらなかった。——妻との関係に悩める既婚男性の多くは「家でも気が休まらない」という表現になるのだろうが、結婚を強要された駿真にとっては家で気が休まらないのは当たり前であり、せめて休息が得られるとしたら、鞠子がいない職場なのだ。

そんな日々の中、唯一ゆっくり心を休めることができるのが、駿真一人だけの泊まりの地方ロケだった。夫婦セットだとギャラも宿泊費も二人分かかるため、駿真だけが旅番組や紀行番組の地方ロケにキャスティングされることが時々あるのだ。泊まりのロケのために買ったスーツケースを引きながら、飛行機や新幹線に乗り、地方のホテルに泊まる時が、駿真にとって数少ない、完全に自由になれる時間だった。

そんな時は毎回、地方でこっそり浮気できないか、風俗ぐらいには行けないかと考えるのだが、今や駿真は、かつてウルトラライダー役だった頃以上に顔が売れてしまい、どこに行っても「あ、堂城駿真だ」「みんなのヒーローってポーズやって〜」なんて気付かれてしまう。むしろ地方に行くほど、芸能人を間近で見ることなんて珍しいから、東京よりも頻繁に声をかけられてしまうのだった。

そんな状況では、こっそりホテルにデリヘルを呼ぶことすら難しいだろう。嬢に言いふらされる危険性は十分にある。それがスキャンダルになって記者会見するのも嫌だし、そんな事態になったら鞠子のヒステリーも数倍になって降りかかるだろう。そこまでのリスクを負ってまで浮気する気も起きず、せいぜいホテルのペイチャンネルで性欲を処理する程度だった。ただ、それだけでも自宅ではなかなかできないので、気晴らしにはなった。

少し前まで考えられなかったぐらいの大金を稼げているのに、ホテルのペイチャンネルを見ながら一人プレイをすることだけが息抜き。——なんと悲しい状況だろう。改めて自分を客観的に見ると、こんな哀れな笑い者はいない。「人生は近くで見たら悲劇だが、遠くから見たら喜劇だ」みたいな言葉を、以前聞いたことがある。たしかチャップリンの言葉ではなかったか。今の駿真こそが、まさにそれだろう。

大麻を吸った帰りにひき逃げをした。それをネタに脅迫されてブスなファンと結婚した。するとそれをきっかけに再ブレイクした。——なんだこれは。奇想天外にもほどがある。他人事だったら、こんなに面白い話はない。でも自分の身に降りかかると全然楽しめない。

駿真も、この人生を遠くから見る側でいたかった。喜劇の観客でいたかった。なのに駿真はこれからもずっと、悲劇の主人公でいるしかないのだ。他人からは喜劇にしか見えない悲劇を、一生演じ続けるしかないのだ。

金はどんどん貯まっていった。鞠子と結婚してからの半年ほどで、すでに普通のサラリーマンが何年も働かないと稼げないような金額を手に入れてしまった。この先もどんどん貯まっていくだろう。でも、その金で何ができるというのか。美しい女をものにするために使うことは、もう一生できないのだ。この金を使う相手は鞠子だけなのだ。そう思うたびに泣きたくなった。

これから人生がどうなるのか。その切実な問題について、仕事をしている時だけは考えずにいられた。今の駿真にとっては仕事が、かつての大麻と同じ役割を果たしていた。スタジオで「どうも、みんなのヒーロー堂城駿真です」とお決まりの自己紹介をして、何か言う前にいちいち変身ポーズをして、芸人にツッコんでもらう。——その定番の流れをこなしている間は、他のことは忘れられた。しかも、大麻は吸うほど金が減っていったが、仕事はやるほど金が増えていくのだ。使うあてもない金が貯まっていくことだけが、駿真にとってささやかな生きがいだった。

そのうちに、目標らしきものが、駿真の中で芽生えてきた。

とりあえず、今は仕事を頑張って、金を稼げるだけ稼ごう。できることはそれだけだ。

たとえば、あと何年かすれば、鞠子が突然死してくれるかもしれない。かなりの肥満体なのだから、早死にする可能性は比較的高いだろう。あるいは、現時点で自信は全然ないけど、いつか鞠子を完全犯罪で殺す画期的な方法を思いつくかもしれないし、家で無口な駿真に嫌気が差して、いつか鞠子の方から離婚を切り出してくれるかもしれない。

金があればあるだけ、何らかの形で鞠子と別れることができた後の人生で、安定を手に入れられるのは間違いない。まあ、その「何らかの形」というのが具体的に何なのか、そんなことが本当にありえるのかが問題なのだが、それに関しては考えることを放棄した。いつかそんな幸運が訪れることを、ただ祈ることしかできなかった。


バラエティ番組の出演急増につられてか、駿真の本業である、俳優としての仕事も少しだけ増えた。といっても大きな役はもらえず、バラエティタレントにあてがうのがちょうどいいレベルの、コミカルな役が多かった。

特に話題になったのは、妻役を演じるのが太った女芸人という、駿真自身のセルフパロディ的な役だった。ラブコメディドラマ『恋は経費で落ちません』の、主人公の職場の先輩という、物語の本筋にはほぼ絡まない、一話につき台詞が十個あるかどうかという程度の役だった。

ちなみに、そのドラマの主演俳優は、黒川達貴だった。

ウルトラライダーシリーズで駿真の翌年に主演した後輩で、明らかに駿真より演技が下手なのに、所属する大手事務所の力とルックスの良さにより、圧倒的人気を誇っている俳優。

依然として彼の人気に陰りは見えていない。駿真の役柄が彼の職場の先輩なのも、ウルトラライダー役の先輩であることにかかっているようで、ネット上でも『黒川達貴の先輩役が堂城駿真って、ウルトラライダーじゃん』なんてコメントが散見された。つまり駿真のこの役は、黒川達貴のおかげでもらえた面も多少あるのかもしれない。

そんな黒川達貴は、駿真と久々に会った顔合わせでも、相変わらずの態度だった。

「おざーす、お久しぶりっす。超売れてるじゃないっすか。あ、ていうか、まず結婚おめでとうございます」

先輩に向けているとはとても思えない挨拶だったが、駿真が「ああ、ありがとう」と作り笑顔で応じてやると、黒川達貴はさらにデリカシーの欠片もなく言ってきた。

「ていうか奥さんの見た目、マジでウケますよね……。あ、ウケるとか言っちゃダメか、すみません。でもマジ、堂城さん超心広いっすよ。俺だったらマジ無理だもん」

腹が立ったが、ここで怒ってしまっては、まるで鞠子のことを本気で愛しているように思われて、それはそれで癪だ。

「ははは、人間は顔じゃないよ」駿真は大らかに笑って返した。

「人間の顔じゃないよ、の間違いじゃないっすか」

黒川達貴は軽口を叩いたが、さすがに引きつった駿真の顔から怒りが伝わったのか、すぐに謝ってきた。

「あ、いや、冗談です、すいません」

それから黒川達貴は、駿真を称えてきた。

「でも堂城さん、バラエティの自己紹介で『みんなのヒーローです』って言ってる通り、マジで日本中のブスたちのヒーローっすよ。だって、推しの俳優と結婚したいっていう、何千万人の妄想を叶えちゃったんですよ。俺のインスタにも最近『結婚してください』って送ってくるイタい奴増えましたもん。そりゃみんな、もしかしたら自分もいけるんじゃないかって思いますよね。だって堂城さんほどの格好いい人が、あんなブ……あの、ああいう感じの人と結婚したんですもん」

明らかに「ブス」と言おうとした黒川を、本気でひっぱたいてやろうかとも思ったが、さすがに揉め事になったら分が悪いので、駿真はぐっとこらえて「いやあ……はっはっは」と適当に笑ってごまかした。

また、そのドラマで、黒川達貴や駿真の会社の上司を演じたのが、ベテラン俳優の大林隆明だった。

大林隆明といえば、妻で女優の花村美雪とのおしどり夫婦ぶりも有名だ。ともに二十代の人気絶頂の頃に結婚し、結婚生活はもう二十年を超えるはずだ。駿真も、若手人気俳優だった二人の結婚がテレビで大きく報じられていたのを、小学生の頃の記憶として覚えている。

「いや〜堂城君、よく見てるよ」

撮影の空き時間に、駿真は大林隆明に話しかけられた。

「いやあ、奥さん……あれだね、素敵だね」

大林隆明の「あれだね」の中に、たぶん鞠子の容姿に関することを何か言おうとしてやっぱりやめた感が読み取れたが、駿真はとりあえず「ああ、どうも」と照れ笑いのようなリアクションをしておく。

「まあ、いわゆるおしどり夫婦という意味では、うちと堂城君の夫婦は同じ枠だよね」

「ああ、そうですかね。いや、光栄です」

「仕事奪われちゃったりして」大林隆明が冗談めかした。

「いやいや、そんな……とんでもない、恐れ多いです」

うちはあなたたちと違って脅迫されて結婚したんで、なんて言えるはずもない。

「もしかしたら、おしどり夫婦同士っていうつながりで、今後また共演の機会もあるかもしれないからね。その時はよろしくね」

「ああ、はい、よろしくお願いします」

もしそんなトーク番組でも企画されたら、さぞや気疲れすることだろうと、駿真は作り笑顔で返事をしながら想像した。

その後、大林隆明の出演シーンが巡ってきた一方、駿真のシーンまでは一時間以上空きそうだったので、暇つぶしに外に散歩に出ることにした。鞠子が作る高カロリーの料理を毎日食べている上に、三十代に入って多少代謝が落ちている自覚もあるので、少しでもカロリーを消費しておかないとすぐ太ってしまう。

オフィスのシーンの撮影に使われる、都心から少し離れた郊外のビルを出て、住宅街や近所の公園を、衣装が汚れないように注意しながら四十分ほど歩き、また撮影現場のビルに戻ると、自分のシーンを撮り終えたらしい大林隆明も外に出て、電話をかけていた。

聞くともなしに聞こえたその声に、駿真は衝撃を受けた。

「うん、うん……うれちい。ミーちゃん、だいしゅきだよ」

ベテラン俳優の、メディアにはまず乗らない、猫撫で声と赤ちゃん言葉だった。結婚して二十年以上経つというのに、大林隆明は妻の花村美雪と、今もあんな赤ちゃん言葉で会話しているのだ。たしかあの夫婦には子供もいたはずだし、もう結構大きくなっているはずだが、未だに赤ちゃん言葉で会話する両親を、いったいどう思っているのだろう。

本物のおしどり夫婦には勝てない——。駿真はつくづく思った。もっとも、あそこまでいくと、もう羨ましいとも思わなかったが。

そんな、役者として評価されているとは言い難い役ばかりこなしていたのに、その年の駿真は、一度も入ったことのなかった「好きな男性俳優ランキング」の十五位にランクインしてしまった。どう考えても俳優として評価されたわけではなく、鞠子と結婚してバラエティ番組にたくさん出た影響に違いなかった。脅迫され強いられた結婚によって、駿真はそれまでの俳優人生の最高到達点まで、あっさり達してしまったのだった。

13

「アルサック生命なら安心だね」

駿真が言った後、鞠子と笑顔で見つめ合ったところで、監督のカットがかかった。

「はい、オッケーです」

駿真は鞠子とともに、生命保険のCMに起用された。CMなんて十年近く出ていなかったし、大企業のCMは初めてだった。

CMというのは、芸能界で一番おいしい仕事と言っていいだろう。たった一日の撮影で、一般的なサラリーマンの年収以上のギャラが転がり込んでくるのだ。

そしてＣＭ出演を機に、夫婦でアルサック生命の保険にも入った。夫婦のどちらかが死亡した場合の保障額が一億五千万円という契約だった。駿真は保険にまったく詳しくないので、当初はそのありがたみがよく分かっていなかったが、どうやらそこまで高額保障の生命保険というのは簡単に入れるものではないらしく、さらに月々の保険料もＣＭ契約期間中はタダにしてもらえて、契約終了後もかなり安くしてもらえるとのことだった。まさにＣＭに出た役得だった。

そんなＣＭを撮った帰りの、撮影スタジオでのことだった——。

エレベーターで一階まで下りてから、鞠子がトイレに行った。田渕マネージャーは先に荷物を持って事務所の車に向かっていた。駿真が一人で鞠子を待っていたところに、背後から女性の声がかかった。

「久しぶり。絶好調だね」

駿真は振り向いて、息を呑んだ。話しかけてきたのは、冬川理沙だった。

「おお、久しぶり……」

理沙と最後に会ったのは、あのひき逃げの直前の大麻バーだ。あれ以来一年ほど会っていなかったことになる。言いたいことは山ほどあったが、どれも言えないことばかりだった。

「めちゃくちゃ調子いいじゃん。結婚してから」理沙が微笑んだ。

「あ、うん、まあ……」

駿真は苦笑してうなずく。すると、理沙が声を落とした。

「正直言うと、駿真はああいう感じの女性は、好みじゃないと思ってたから」

「ん、ああ……」

駿真は言葉に詰まった。理沙は少し笑って言った。

「ごめん、失礼だったね」

「いや、あの……」

言いたかった。自分の意思で結婚したわけじゃないんだ、弱みを握られ脅されて結婚したんだと、そんな言葉が駿真の喉まで出かかった。

だが、その時だった。

「どうしたの？」

鞠子がトイレから戻ってきた。そして理沙を見て、警戒したような表情で会釈をした。

「ああ、こちら、冬川理沙さん。昔共演したことがあって、話し込んじゃってさ」

駿真が鞠子に向かって理沙を紹介すると、理沙は笑顔で挨拶した。

「どうも、はじめまして。冬川です」

「ああ、どうも……」

鞠子は仏頂面で、小さく一礼した。芸能人だったら先輩に対して許されないレベルの失礼な挨拶だったが、鞠子はしょせん素人扱いの立場だ。理沙は笑顔を崩さないまま「それじゃ、お疲れ様です」と頭を下げ、歩き去って行った。

理沙が廊下の角を曲がったところで、鞠子は声を落として、嫌味な口調でつぶやいた。

「冬川理沙、久しぶりに見た。子役の時は結構出てたけど、今はもう化粧品のCMでしか見ないよね。『ツルツルお肌の鶴肌(つるはだ)化粧品』だっけ」

鞠子の小馬鹿にしたような陰口に、駿真は内心腹が立った。

「ていうか、何喋ってたの?」鞠子はさらに尋ねてきた。

「いや、だから、昔の話だよ」

「具体的には?」

「昔共演した時、監督が嫌な奴でまいったよね、とか」

「ふうん」

鞠子は不機嫌そうにうなずいた。

その日の夜。

「ねえ、エッチしよう」

鞠子に誘われた。そういえば、ここ半月ほど夜の営みはなかった。新婚の頃に比べるとだいぶ減っていたのに、今夜は理沙への嫉妬心が手伝ったのだろうか。とにかく、断って空気が悪くなっても駿真が損するだけだ。渋々応じることにした。

——と、心の中では思っていても、やはりいざ始めてみると快感はある。部屋をほぼ真っ暗にしてしまえば、どうせ見えないのだから相手の容姿など気にならない。理沙や、その前に何人もの女とした時は、美しい顔と体を見ながらするのが快感だったが、それは射精に必須ではない。勃起した陰茎を挟む圧力と、粘液の感触があればいい。鞠子にもそれは十分にあった。

以前の俺は、世の男の誰もが羨むような美女とセックスできていたのに……なんて後悔をしても空しくなるだけだ。結局、セックスなんて射精して終わりなのだから、それさえできれば十分なのではないか。駿真にもそんな思いが芽生えつつあった。それは割り切りのようでも、あきらめのようでもあった。

14

ついにこの日が来た！　鞠子にとって人生最高の日だ。

その日は駿真が一人でドラマの撮影に行っていた。鞠子は駿真の帰りを、今か今かと待ち構えていた。そして帰宅した駿真に「おかえり！」と言いながら駆け寄り、抱きついて報告した。

「ねえ、赤ちゃんできたの！」

すると駿真は、喜びよりも驚きが勝ったような顔をして、小さく返した。

「おお、そうか……」

「まだ男の子か女の子かは分からないんだけど、楽しみだよね！」

鞠子はさらに伝えた。だが、駿真はなおも笑顔を見せない。

その様子を見て、鞠子は思わず詰問(きつもん)してしまった。

「嬉しいよね？　ねえ、嬉しいよね？」

「ああ……うん」駿真は、ほぼ真顔のままうなずいた。

「じゃあもっと笑ってよ！」

鞠子が強く言うと、駿真はやっと、ニコッと笑顔を見せてくれた。そうだ、嬉しくないわけはないのだ。子供ができたという責任感から、喜び一辺倒というわけにはいかず、つい真剣な顔になってしまったのかもしれない。でも、ちゃんと子作りをして、実際に子供ができたのだから、駿真だって嬉しいに決まっているのだ。

「よかった。じゃ、次の休みに、うちの実家に報告に行こうね」

「ああ、うん」

駿真は笑顔でうなずいた。その笑顔がどうも少し硬く見えたけど、そんな些細なことなどどうでもいい。鞠子の胸は喜びでいっぱいだ。


とうとう、それを告げられる日が来てしまった。

帰宅すると、相撲のぶつかり稽古ぐらいの勢いで、鞠子がぶつかってきた。何事かと驚いていると、鞠子が告げてきた。

「ねえ、赤ちゃんできたの！」

「おお、そうか……」

駿真はその時、どんな表情をしたのか自分でも分からなかった。胸に生じたのは絶望、あるいは諦念だったか。しかし、避妊せずに溜まった性欲を排出し続けていたのだから、いずれはこうなるに決まっていたのだ。

「まだ男の子か女の子かは分からないんだけど、楽しみだよね！」

鞠子が笑顔で言った。もう戻れないところまで来たのだ。それだけは間違いなかった。

「嬉しいよね？　ねえ、嬉しいよね？」鞠子が詰問してきた。

「ああ……うん」

「じゃあもっと笑ってよ！」

駿真は作り笑いを浮かべてみせた。すると鞠子は、満足げに言った。

「よかった。じゃ、次の休みに、うちの実家に報告に行こうね」

「ああ、うん」

これでいよいよ、鞠子と生涯添い遂げるルートから、人生の軌道を変えることは相当難しくなった。ここからの進路変更には、世間の大バッシングが伴うのは間違いないだろう。もし、体のどこかに自爆ボタンでも付いていれば、今すぐにでも押したい。駿真はそんな気分だった。

「おめでとう～」

「いや～初孫だ。嬉しいなあ」

鞠子の実家の山路家に行き、鞠子の懐妊の報告をすると、当然ながら秀美も武広も大喜びだった。

「予定日はいつ頃？」秀美が尋ねた。

「来年の八月」鞠子が答える。

「八月か〜。一番暑い時期のお産だから大変だね」

「涼しくなるまで、ちょっと長めに腹に入れといたらどうだ？」武広が言った。

「そんなことできるわけないでしょ」秀美がすぐにツッコミを入れる。

「そりゃそうか、アッハッハ」

武広のいつも通りのジョークが飛び出したところで、駿真はいつも通りの愛想笑いを浮かべる。

「でも、こっちは夕方になるともう寒いね。東京はまだまだ秋って感じだけど」

鞠子が肩をすぼめて言うと、すぐに武広が立ち上がった。

「ああ、こりゃ失礼。妊婦さんを冷やしちゃいけねえな」

武広が居間から廊下に出た。階段の下の壁に、真新しいスイッチが取り付けられている。それを武広が操作すると、窓の外の電動シャッターが次々と閉まった。

「あれ便利よ。あそこから一階も二階も全部シャッター閉められて。本当にありがとうねえ、お金出してくれて」秀美が鞠子に言った後、駿真に向き直った。「駿真君もありがとう。おかげさまで今年の冬から、だいぶ楽になりそうです」

「え……ああ、いえいえ」

駿真はとっさに応じたが、電動シャッターを設置するための金を出していたことは知らなかった。鞠子が勝手にやったのだろう。

「そういえば、このストーブもそろそろ買い換えようか？」

鞠子が、居間の年季が入った電気ストーブを指差した。その上には、部屋干し用のラックに洗濯物が干してある。

「まだ使えるからいいのよ。あれよあれ、ＳＤなんとかってやつ」

秀美が笑って首を振る。たぶんＳＤＧｓのことを言いたいのだろう。

「うちはもう、電動シャッター付けてもらえただけで十分だから。お金は赤ちゃんのために使って」

「それにしても楽しみだなあ。男の子だったら、じいちゃんが柔道教えてやろうかな」

武広が居間に戻ってきて言った。柔道三段で、今も柔道教室で教えているという武広は、腹も出ているが腕も相当太い。まさに重量級の柔道家の体だ。

だが、鞠子が不満そうに返す。

「柔道は危ないじゃん。スポーツやるんだったら他のがいいな」

「柔道は、受け身をちゃんと教えれば危なくねえんだぞ。それに危ないって言ったら、駿真君の方が危ないだろ。悪の怪人と戦ってるんだからなあ。アッハッハ」

「ええ、あははは……」

駿真がまた、お手本のような愛想笑いで応じた。

その後、「じゃ、ご飯食べてって」と当然のように秀美に促され、まだ十七時台なのに、かなり早めの夕食をとることになった。すでに準備を済ませていたようで、秀美と武広がどんどん料理を運んでくる。

「鞠子、何か食べられない物とかある？　まだ悪阻とかはないか」秀美が言った。

「うん、まだ大丈夫」鞠子が答える。

「カズミちゃんは悪阻がひどくて大変だったからねえ。鞠子もそうじゃなきゃいいけど」

カズミちゃんという、親戚なのか近所の住人なのかも分からない、駿真の知るよしもない人名が出てきた。配偶者の実家での会話が、知らない登場人物ばかりだというのは、きっと既婚者のあるあるネタなのだろう。駿真も本当に愛した女の実家で経験したかった。

今夜のメインディッシュは、唐揚げにエビフライ。相変わらずすごい量だ。付け合わせのサラダもあるが、野菜の量が少ないことは栄養士じゃなくても分かる。この家で育てば太るのも当然だろうと、駿真は改めて思う。

「いただきま～す」

各々言って、晩餐が始まる。

「テレビつけよっか」

秀美がリモコンでテレビをつける。すると、ちょうど画面に駿真が登場した。予期せず出てきた自分の姿に駿真は面食らう。

「あっ……」

一ヶ月ほど前に収録したロケバラエティ番組だと、見てすぐ分かった。この日は駿真が一人で、激辛料理を食べるレポートに行ったのだ。まさか鞠子の実家で見ることになるとは思わず、非常に恥ずかしかったが、立場的にチャンネルを替えてくれとは言いづらい。

「あらっ、駿真君出てるじゃない」

「おお、こりゃちょうどいいな」

秀美と武広が嬉しそうに声を上げた。もうチャンネルを替えるのは不可能だろう。

「いやあ、恥ずかしいっすね……」

オンエア時の自分が気まずくなっているとはつゆ知らず、テレビの中の駿真は仕事モードで明るく振る舞っている。

「どうも、みんなのヒーロー、堂城駿真です。今日は、激辛料理のお店、その名も『キングオブホット』にやってきました」

画面の中の駿真が、運ばれてきた激辛料理を一口食べる。

「いや〜、これ……」

そこで言葉を切った後、ウルトラライダー時代の変身ポーズを決めて、たっぷり間を取った後で言う。

「めちゃくちゃ辛いです」

その直後、画面端のワイプと呼ばれる小画面に映った、スタジオのＭＣの大物芸人が笑いながら言った。

「これ、いつまでやんねん」

その言葉を聞いて、駿真は冷や汗が出た。

これ、いつまでやんねん――今やもう、駿真の持ちネタの変身ポーズのくだりは、そういう扱いになっているのか。視聴者もみんなそう思っているのかもしれない。少なくとも、このコメントをわざわざテロップ付きで放送した番組スタッフには、そういう気持ちがあるということだ。

恥ずかしながら駿真は、この持ちネタの賞味期限はまだまだ先だろうと思っていた。だが、考えが甘かったようだ。駿真はもう、スタッフや共演者から飽きられ始めている。その残酷な事実を、よりによって妻の実家で思い知らされてしまったのだ。

その後の駿真のロケの様子は、まったく頭に入ってこなかった。番組はスタジオに戻って、ＭＣたちのトークになる。

「あいつホンマ、いつまであれやんねん」

「しょうがないでしょ。堂城さん、あの唯一の武器で戦ってるんですから」パネラーの中堅芸人が返す。

「おい、唯一の武器って、悪い言い方やぞ」

MCの大物芸人がツッコミを入れて笑いが起こる。中堅芸人がさらに言う。

「あの唯一の竹槍で戦ってるんですよ。今にも折れそうな竹槍で」

「こら、やめえ」

MCが制して、スタジオにさらに大きな笑いが起こった。

そのやりとりを、鞠子の実家のテレビで、鞠子の両親も交えて四人で見る。まるで拷問のような時間だった。

山路家の面々は、今どんな顔をしているのだろう。駿真は見るのが怖くて顔を上げられず、食卓のエビフライをじっと見つめるしかなかった。でも、自分が出ているテレビをさっきまで見ていたのに、今じっとエビフライを見ているという状況は不自然きわまりない。そんなことは山路家の三人も気付いているに決まっている。自分がそんな不自然なことをしてしまっている恥ずかしさで、駿真はますます顔を上げられない。

テレビの音だけがしばらく響いた食卓で、秀美がおずおずと言った。

「駿真君、そろそろ、新しいギャグとか、そういうのがあるといいかもしれないね。まあ、私素人だから、全然分からないけど……」

「母さん、失礼だろ」

武広が、少し慌てたように言った。すぐに鞠子も、秀美に向かって語る。

「そうだよ。テレビに出るっていうのは、お母さんが思ってる以上に大変なんだから。それに、今まで通りのあれをやってくださいって、台本に書いてあることも多いんだから」

「あ……ごめんなさいね、生意気言って」秀美が駿真に謝ってきた。

「ああ、いえいえ……とんでもないです。アドバイスありがとうございます」

素人のくせに分かったような口をきくな、と言いたい気持ちもあったが、秀美が決して間違ったことを言っていないのも分かっていた。

あのロケは、台本ががっちり決まっていたわけでもない。カメラの前でなんとか面白くしなければと思った結果、今まで通りの変身ポーズしかできることがなかったのだ。ただ、スタジオの第一線の芸人から見た偽らざる感想が「いつまでやんねん」であり、「あの唯一の竹槍で戦ってるんですよ」なのだ。その感想が的を射ていたから、スタジオでは大きな笑いが起きたのだ。

このまま仕事が下り坂に入ったらどうしよう。子供も生まれるというのに。――と、近い将来の心配をしてから、駿真ははっと気付いた。

これじゃまるで、ちゃんとした父親みたいじゃないか。

駿真は、鞠子に脅されて結婚しただけなのに、性欲をやむなく発散していたら子供ができただけなのに、そんな妻子を養っていけるかどうかを、今たしかに心配してしまったのだ。

俺の本心はどこにあるんだ。これからどうなるんだ。何のために生きていくんだ――。もう駿真は、自分で自分が分からなくなりつつあった。


夕飯が終わり、「今から帰るのも大変でしょ」「うん、じゃあ泊まっていこうかな」と話がまとまり、駿真にそれを覆す権限もなく、また駿真の仕事は翌日も休みだったので、山路家に泊まることになった。

寝室は二階だった。「泥棒とか強盗が来たら、一階だと危ないって聞いてよ」と武広が言っていた。柔道家でもさすがに強盗は怖いらしい。武広と秀美の寝室は階段を登って右側、駿真と鞠子の寝室は左側。元々は鞠子の子供部屋だった部屋の床に、ござと布団が用意されていた。鞠子は元々置いてあるシングルベッドで寝るようだ。

「駿真君、その布団でいいか？」武広が部屋の前で声をかけてきた。

「あ、はい、大丈夫です」

フローリングなので、ござの上に布団を敷いて、布団の裏側の結露を防いで黴びさせないようにしろということだろう。まさに駿真は下積み時代、フローリングに敷き続けていた煎餅布団の裏側を黴びさせてしまったことがある。

「まあ、そのベッドで二人で寝てもいいけどな」武広が、鞠子のベッドを指して笑った。

「やめてよもう、お父さん」鞠子が顔をしかめる。

ピンクジョークを娘の前でよく言えたものだ。駿真も苦笑いするしかなかった。ただ、このベッドで二人で寝るのは、たぶん物理的に無理だろう。現在の鞠子の体格的に、鞠子一人でもギリギリ収まるかどうかという大きさのベッドだ。

「あと一年もしたら、この部屋にベビーベッドも用意することになるなあ。楽しみだ」

武広がそう笑って、「じゃ、おやすみ」と声をかけて去って行った。

電気を消し、床に就いたところで、斜め上のベッドから鞠子が声をかけてきた。

「ごめんね、さっき、お母さんあんなこと言って」

「ああ、いや、いいよ……」

将来への不安。そして、それを感じてしまうということは、生まれてくる赤ん坊と鞠子を本気で愛そうとしているのではないかという戸惑い。――元はといえば脅迫されて結婚した相手の実家で、駿真の心はにわかに混乱していた。

15

よし、決めた。熟考した結果、これ以上ない結論に至った。

ある夜。鞠子は、スマホの画面に表示させた漢字一文字を、駿真に見せて提案した。

「赤ちゃん、この名前にしたいの」

鞠子が考え抜いた名前は、「煌」だった。

「男の子だったら『あきら』、女の子だったら『あき』って読むようにしたいんだけど、この漢字って中国語で『ファン』とも読めるのね。ちょうどいいと思わない？　ファンである私が、駿真に結婚を申し込んで生まれた子だから」

鞠子は説明した後、ちょっとした戦略も明かした。

「その名前の由来まで発表されれば、親子三人でテレビに出たりもできると思うの」

「えっ……そんなことするつもりなのか？」

駿真が戸惑った様子で聞き返してきた。

「だって、その……」鞠子は少し言いよどんでから、結局正直に言った。「仕事はちょっとずつ減ってきてるじゃん。だから、これが何かのきっかけになればと思って」

駿真も気付いているはずだ。鞠子との結婚が話題になっていた頃の、月に数日しか休みがなかった時期に比べて、今の駿真は週休二日は確実にある。週によっては三、四日も休んでいるほどだ。

「この前、実家でお母さんが、ああいう言い方したのは申し訳なかったけど……ただ正直、やっぱりこのままだと心配だから、子供が生まれることも、少しでも話題にできた方がいいかと思って。ごめんね、私が言うのもおこがましいよね」

鞠子が言葉を選びながら言うと、駿真はうつむいて、つぶやくように返した。

「うん……まあ、子供の名前は任せるよ」

その様子を見て、鞠子は正直、父親なんだから少しは自分も考えてよ、とも思った。でも、鞠子としては「煌」が間違いなくベストだ。違う意見を出されても困る。そう考えると、駿真が鞠子に命名を任せてくれたのは、一生懸命考えたのを尊重してくれたのかもしれない。

ふと見ると、駿真はスマホに目を落とし、にやけていた。苦笑いのような表情だ。

「ん、何か面白いの見てるの？」

「あ、いや……何でもない」駿真はまた、小さい声で答えた。

「何なのもう……」

鞠子は思わずつぶやいた。でも、あまり怒るのも胎教によくないのでやめた。

とにかく、第一子の名前は煌で決まりだ。生まれてくるのが待ち遠しい。可愛いに決まっている。鞠子は心から思った。

「赤ちゃん、この名前にしたいの」

駿真が、鞠子からスマホの画面で見せられたのは、「煌」という知らない漢字だった。男だったら「あきら」、女だったら「あき」にしたいとか、「ファン」とも読めるからファンとの結婚でできた子の名前としてちょうどいいとか説明した後、鞠子は言った。

「その名前の由来まで発表されれば、親子三人でテレビに出たりもできると思うの」

赤ん坊の名前を利用してでも仕事が欲しいという危機感が、鞠子にはあるようだった。それから、遠慮がちにではあるが、仕事が減っていることを鞠子に指摘された。腹は立ったが、駿真は何も言い返せなかった。

駿真は予感している。ピーク時より徐々に減ってきた仕事は、たぶん今後も減り続ける。ウルトラライダー俳優としてブレイクした後で、一度経験していることだった。このままだと次も同じようなルートをたどることになるだろう。堂城駿真は、再ブレイク後の再衰退を、今まさに迎えようとしているのだ。

残念ながら、抵抗したところでどうにもならないだろう。子供が生まれたんです、名前がファンとも読める漢字なんです――という程度のアピールでは、きっと焼け石に水だ。

「まあ、子供の名前は任せるよ」

とりあえず鞠子にはそう返事をした。そもそも駿真は、鞠子が示したあの漢字自体を知らなかった。火へんに皇だったのは覚えていたので、スマホで検索してみた。

その検索結果を見て、駿真は思わず苦笑してしまった。

煌と書いてファン――それは、ウーロン茶の商品名だった。鞠子は、我が子にウーロン茶の名前を付けようとしているのだ。

「ん、何か面白いの見てるの?」鞠子が話しかけてきた。

「あ、いや……何でもない」

駿真はごまかしながら、すぐスマホをホーム画面に戻した。鞠子が何か不満げにつぶやいていたが、まあ気にしない。

これはキラキラネームというやつか。いや、ウーロン茶の名前を付けるのは、キラキラとも違う気がする。「堂城お〜いお茶」とか「堂城エメラルドマウンテン」と名付けるようなものだ。生まれてくる我が子が実に不憫(ふびん)だと思った。

そんな名前を付けて鞠子が満足なら、好きにすればいい。今後の仕事の先行きも、家庭の行く末も、不安だらけだけど、向き合えばますます不安が増すだけだ。だから駿真は結局、向き合わないことにした。深く考えずに目をそらすことにした。情けないのは自覚しているが、困難に正面から立ち向かったところで、解決できたためしがないのだから仕方ない。

だが、その数日後のことだった——。

田渕マネージャーから、電話で思いもよらぬ報告を受けたのだ。

「堂城さん。嬉しいニュース……って公にはちょっと言いづらいんですけど、うちにとっては、正直すごく嬉しいニュースです。堂城さんと鞠子さんで、CMが決まりました！ それも超大型案件、キヨタのグランダのCMです」

「えっ、マジで⁉」

日本を代表する自動車メーカーであるキヨタ自動車の大型ファミリーカー、グランダ。そのCMに抜擢されるなんて、降って湧いたような特大の朗報だ。

だが、キヨタのグランダのCMって今まで誰がやってたっけ——とふと考えたところで、駿真は疑問を呈した。

「あれ、グランダのCMって、もう長いこと、大林隆明さんと花村美雪さんの夫婦がやってたよね？ 今になって俺らに変わるの？」

「それが……僕らも驚いたんですが、もうすぐ情報が出るらしくて……」

16

芸能界というのは、まったく先が読めないものだ。一寸先が闇のことも光のこともある。

ここ最近、バラエティ番組で落ち目感が出てきていた駿真が、キヨタ自動車のCMに抜擢されたのを機に、また勢いを取り戻したのだ。

そのきっかけになったのが、前にドラマ『恋は経費で落ちません』で駿真と共演した、妻で女優の花村美雪とのおしどり夫婦ぶりも有名だったベテラン俳優、大林隆明だった。

なんと大林隆明は、数年にわたって、二十歳以上も年下の女性と不倫していたのだ。そして、それがとうとう週刊誌にスクープされ、妻の花村美雪も、大学生と高校生の二人の娘も激怒。夫婦の離婚と、娘が二人とも母親の花村美雪について行くことが、家族会議ですぐ決まったらしく、スクープが明るみに出てから一ヶ月も経たないうちに、大林隆明・花村美雪夫妻の離婚が発表された。銀婚式を目前に、芸能界を代表するおしどり夫婦がいとも簡単に別れたと、ワイドショーでは連日大きく報じられた。

駿真が、田渕マネージャーからの電話でCMオファーを知らされたのは、大林の不倫が報じられる数日前だった。報道前の段階で、そのスキャンダルはCMスポンサーのキヨタ自動車に伝わり、内々に大林隆明・花村美雪夫妻のＣＭ打ち切りが決まり、すぐ別の有名人夫婦のキャスティングにまで動いたらしい。しかし、真っ先に名前が挙がった数組の俳優夫婦は、偶然にも夫婦のどちらかが競合自動車メーカーのＣＭに出ていたため、最終的に白羽の矢が立ったのが、自動車のＣＭに出たことがない堂城駿真・鞠子夫妻だった——という経緯だったのだと、後で聞かされた。

そういえば駿真は、ドラマ『恋は経費で落ちません』の撮影の合間に、共演した大林が「ミーちゃん、だいしゅきだよ」などと赤ちゃん言葉で電話する様子を目撃していた。あの時は、妻の花村美雪への電話だとばかり思っていたが、よく考えたら花村美雪が本名とは限らない。駿真はスキャンダルが出た後であの光景を思い出し、「花村美雪　本名」でネット検索してみたところ、彼女の本名には「み」が一文字も入っていないことが分かった。夫婦が芸名で呼び合うわけがないので、あの時の大林隆明の電話の相手「ミーちゃん」は、妻ではなく愛人だったのだろう。

しかも、キヨタ自動車のグランダがＣＭでアピールしたかった、高性能の自動ブレーキアシスト機能は、ちょうど妊娠中だった鞠子に「これなら大事な命も安心！」という台詞を言わせることで説得力が増した。本物の妊婦をＣＭに出演させるのはなかなか珍しいので、堂城夫妻の新ＣＭは結構な話題にもなった。中には「出産が無事に済むとは限らないのだから、妊婦を安易にCMに出すのはいかがなものか」的な論評もあったようだが、そのような批判はさほど高まることはなく、炎上にまでは至らなかった。

結果的に、駿真と鞠子の新CMにより、キヨタのグランダの売り上げは伸びたらしい。『大林隆明不倫→堂城夫妻にCMチェンジでグランダ売り上げアップ　怪我の功名でキヨタ高笑い』という見出しのネットニュースの記事も出ていた。

そんな評判がきっかけになったのか、それから立て続けに、駿真に俳優としてのオファーが舞い込んできた。鞠子とともに出演するCMがもう一本、駿真一人で出演するCMも一本、それに同一クールのドラマ二本に出演することまで、トントン拍子に決まった。さらには、大手配給会社である竹松（ちくしょう）の映画の、準主役のオファーまで来た。長らく低予算映画にしか出ていなかった駿真にとって、久しぶりの大手配給会社の映画だった。バラエティ番組で飽きられ始めていた危機から一転、本業の調子がみるみる上向いてきたのだった。

まさか先輩俳優の不倫によって状況が好転するとは、駿真は夢にも思っていなかった。結局、芸能人が売れるかどうかなんて、ほんの些細な偶然や、単なる運で決まってしまう部分も大いにあるのだ。もちろん、圧倒的な演技力や才能があれば、そんな運になど左右されず売れていくのだろうけど、駿真のような特に抜きん出たものがない俳優は、運の占める割合がかなり大きいのだ。それをつくづく実感させられた。

気付けば駿真は、ウルトラライダー主演直後のブレイク期をも上回る、役者の仕事だけで多忙といえる状況になっていた。再ブレイクの第二段階、いや安定期に入ったといってもよさそうだった。さらに、グランダの売り上げが伸びたこともあり、スポンサーのキヨタ自動車からグランダを一台プレゼントされるという僥倖(ぎょうこう)にも恵まれた。「ちょうど家族も増えるし、ファミリーカーをタダでもらえてラッキーだね」と鞠子も喜んでいた。

だけど……どんなに考えないようにしようと心がけても、やっぱり駿真は、まだ考えてしまうのだ。

仕事が好調でも、スポンサーから車をプレゼントされても、喜ぶのは結局、駿真にとって脅迫者の鞠子なのだ。稼いだ金で美しい女と遊ぶことなんて、もう一生できないのだ――。

それを思うと相変わらず、駿真はため息が出てしまうのだった。

17

「おぎゃあああっ、おぎゃあああああっ」

産声を聞いて鞠子は安堵した。「産声を上げる」という言葉は日常的に使われるけど、本物の産声を聞ける機会は、産婦人科にでも勤めていない限り、人生で何回もないのだ。自分づく実感した。

の子宮から出てきた赤ちゃんの、本物の産声というのはこんなに嬉しいのだと、鞠子はつく

「おめでとうございます、元気な男の子ですよ」

看護師が声をかけてきた。鞠子は「ありがとうございます」と泣き笑いで返す。

ついに生まれた。堂城煌。最愛の息子。鞠子の生涯の宝物だ。

無痛分娩にしてよかった。まあ実際は「無痛」というのはちょっと言いすぎで、麻酔がかかるまではまあまあ痛かったんだけど、それでも麻酔なしの分娩だったらこの何百倍も痛かったのだろうし、体のダメージも大きかったのだろう。多少費用はかかっても、なるべく早く回復して、もし出産直後でもメディア出演の機会があったら、可能な限り出演する。それで少しでも駿真の露出が増えてほしい――という覚悟もあって、鞠子は無痛分娩できる産院を選んだのだった。

ところが、出産予定日が近付くにつれ、駿真の俳優としての仕事が立て続けに決まった。これは嬉しい誤算だった。駿真のバラエティ番組出演が減ったのを心配していたけど、結果的には杞憂だった。駿真の俳優業での評価はしっかり上がっていたのだ。

まあ、よく考えたら当然だ。堂城駿真はそもそも超一流の、売れて然るべき俳優なのだ。

鞠子は十年以上前からそれに気付いていたけど、世の中がやっとその真実に気付いたのだ。

夫婦で出たキヨタのCMがきっかけだったとか、元はといえば大林隆明の不倫があったから堂城駿真が売れたとか、知ったような口調で分析している連中もいるようだけど、そんなことはない。これが堂城駿真の本来の評価なのだ。いや、これでもまだ足りないぐらいなのだ。主演のオファーが殺到してもいいぐらいなのだ。

駿真は出産当日も仕事が入っていたけど、出産から三時間ほどで駆けつけてくれた。産院選びも出産準備もほとんど鞠子任せだったし、不安になることもあったけど、病室に入ってくるなり駿真は、「ありがとう、よく頑張ってくれたね」と声をかけて、看護師さんがいる前で鞠子の頬にキスまでしてくれた。

やっぱり駿真も、初めての子供が生まれて喜んでくれたのだ。

ただ、その後、退院して家に戻っても、駿真は煌を見て緊張したような顔をするばかりで、なかなか笑顔になってくれなかった。

「ねえ、ちょっとは煌を見て笑ってもいいじゃん」

鞠子がたまらず声をかけると、「あ、ああ……」と、やっとぎこちなく笑ってくれた。

きっと駿真は、責任感を覚えているのだろう。ただ笑っているばかりではいけないと思っているのだろう。我が子が可愛くないわけがない。今のところ、顔は駿真に似ているし。どうか煌がこのまま、駿真似の外見をキープして育ってほしいと、鞠子は切に望んでいる。

くれぐれも、ここから鞠子の外見に寄っていくような成長は起きないでほしい。煌には当然、鞠子の遺伝子も半分入っているわけだけど、お願いだから顔の造作とか太りやすさではなく、平均より約十センチ高い身長とか、子供の頃に柔道で勝ち進めたほどの体の強さとか、消費期限切れの物を食べても全然食あたりしない胃腸の強さとか、そういう長所だけを受け継いでほしい。鞠子は祈らずにはいられなかった。

とうとう煌が生まれた。男だったので「あきら」という読みになった。まあ、駿真にとっては心底どっちでもよかったが。

仮面夫婦だという噂が立ってもいけないので、出産後に産院に行った時には、看護師が見ている前で「ありがとう、よく頑張ってくれたね」と言って、鞠子の頬にキスまでしてやった。ただ、本心では別にありがたくなんかない。唯一許された性欲解消手段を、やけくそで繰り返してしまった結果、子供が生まれただけの話だ。

煌を特に可愛いとも思わないし、幸せにしてやりたいとも思わない。とはいえ、愛妻家俳優として再ブレイクを果たした以上、妻子を不幸にしてしまっては駿真も批判を浴びて不幸になるのだから、幸せにしてやるしかないのだろう。

堂城家に第一子誕生というニュースは、それなりに大きく報じられた。世間的には、今の駿真は幸せの絶頂にいると思われているのだろう。

でも実際は、駿真は幸せでもなんでもない。「結婚は人生の墓場だ」なんて言葉があるが、誰よりも駿真にふさわしい言葉だろう。鞠子に脅迫され結婚してしまったあの日、駿真の自由な人生は死んだのだ。しかも、駿真以外の既婚者は、自ら望んだタイミングで墓場に入ったはずだけど、駿真はまったく予期せず墓場に入れられてしまったのだ。まさに殺されたようなものだ。——まあ、その原因は駿真の大麻使用からのひき逃げだったので、自業自得と言ってしまえばそれまでだけど。

鞠子が退院してからは、家の中に赤ん坊がいる生活が始まった。煌はよく泣き、鞠子の乳をよく飲み、よく眠る。ひたすらそれの繰り返しだ。

ベビーベッドの上の煌を見て、駿真は考える。この小猿のような生き物を、いつか可愛いと思う時が来るのだろうか。——と、睨みつけるように見ていたのを鞠子に心配されたのか、声をかけられてしまった。

「ねえ、ちょっとは煌を見て笑ってもいいじゃん」

「あ、ああ……」

駿真は慌てて愛想笑いを浮かべた。鞠子のための愛想笑いを、今まで何千回しただろう。そして死ぬまでにあと何万回するのだろう。そう考えると気が滅入ってくるが、気が滅入った顔をしてもいけない。

煌を、今はほぼ小猿の生き物を、可愛いと思えた方が楽なのだろう。脅迫されて結婚したものの、結果的に妻も子供も愛するようになって、幸せな人生でした——という人間になれさえすれば、よほど気楽に生きられるのだろう。

駿真は、以前『夜の猥ドショー』で行った催眠術のロケを思い出した。今の駿真は「鞠子と煌が愛しくて幸せだ」という催眠術にかかってしまった方がよっぽど楽なのだ。でも、かかりたいと望んでも、まさにあのロケの収録後に催眠術師が言っていたように、かからない人はかからないのだ。

いっそ本気で催眠術を勉強して、自己催眠をかけられないだろうか——。駿真は、そんなことすら考えた。

18

育児に追われる日々は、あっという間に過ぎていった。煌はどんどん育っていった。

首がすわり、言葉らしきものを発するようになり、寝返りを打てるようになり、そのたびに鞠子は大喜びした。そして「ほら、パパ撮って！」と、駿真にスマホで動画撮影するように要求した。

駿真は最初は面倒だったが、ほどなく、これは好都合だと気付いた。撮影中は、笑っていなくても鞠子にバレることはないのだ。結婚直後から「もっと笑ってよ」とか「楽しそうにしてよ」などと言われることがたびたびあり、そのたびに「脅されて結婚したのに笑えるか」という反論をぐっとこらえてきた駿真だったが、スマホで煌を撮影している最中は、撮ることに集中してしかめっ面でも不自然ではない。そもそも「パパ撮って！」と駿真に要求してくる時は、鞠子は煌しか見ておらず、撮影中の駿真など眼中にないのだった。

ただ、煌が初めてハイハイをした時、スマホで撮影中の駿真も思わず「やった！」と叫んでしまった。直後に駿真ははっとした。

今、俺はたしかに嬉しかった――。

俺は煌を愛しているのだろうか、このまま普通の父親になってしまうのだろうか――。駿真は大いに戸惑った。

鞠子は実質的に育児休業状態となり、メディア出演はなくなった。一方、駿真は俳優の仕事でスケジュールが埋まり、かといって主役や極端な難役のオファーは来ないので、拘束時間が著しく長くなることはなく、帰宅後に家事育児を多少手伝えば、鞠子の機嫌も悪くならずに済んだ。幸福感は特にないにせよ、駿真にとっては安定した日々が続いた。

それにしても赤ん坊というのはよく泣く。駿真も、たびたび煌を抱っこして泣き止ませるようになり、鞠子のアドバイスも受けて、徐々にコツをつかんでいった。

煌がなかなか泣き止まない時は、抱っこしながらしばらく部屋の中を歩き回る。それでも泣き止まなかったら、最後の奥の手があった。抱っこひもを付けて煌を抱き、玄関から出て、マンションのエレベーターに乗るのだ。

というのも煌は、エレベーターの、重力が変化するようなあの感覚がお気に入りのようで、どんなに泣き止まない時でも、ひとたびエレベーターに乗せて動き出してしまえば、必ず泣き止んでくれるのだった。

そして、その日も駿真は、煌を泣き止ませるために抱っこしてエレベーターに乗り、一階まで下りてまた上ってから、部屋に帰ってきたのだった――。

テレビをつけっぱなしにして鞠子が食器を洗っていたので、そのニュースを見たのは、駿真の方が先だった。

『昨日、夜十時頃、女優の冬川理沙容疑者が、東京都渋谷区の自宅マンションで大麻を所持していたとして、大麻取締法違反の容疑で警視庁に逮捕されました――』

駿真は息を吞んだ。いつかはこの時が来るかもしれないと思っていたが、本当に来てしまった。

また、理沙が今も大麻をやめられていなかったのだと知り、気の毒に思った。駿真だって、もしあの日ひき逃げをしていなければ、たぶんやめていなかったのだろう。

「えっ、冬川理沙、捕まったの？」

テレビに目をやった鞠子が、ニュースに気付いて声をかけてきた。

「一回会ったことあったよね。あれだ、CM撮った時のスタジオだ。——あ、ていうか駿真君、昔共演したことあったよね？」

「ああ、うん……でも、これはビックリしたよ。まさか大麻やってたなんて」

もちろん駿真は嘘をついた。自分もやっていたなんて絶対に今言うべきではない。

「そうだよね。ビックリだよね」鞠子もうなずく。

かつて本気で愛していた、セックスフレンド兼マリファナフレンドだった女が、とうとうマリファナで捕まった。ショックではあったが、そうはいっても、もう一年以上会っていない相手だ。ニュースを見た時点では正直、対岸の火事という気分でもあった。

ところが、そうでないと思い知らされたのは、ニュースが流れた三日後のことだった。

貴重なオフの日の午前中に、堂城家のチャイムが突然鳴った。

それも、オートロックのマンションなのに、いきなり部屋のドアチャイムを鳴らされた。駿真がドアスコープを覗き、大人数の男がいるのを確認して、何事かと思いながらドアを開けると、先頭の眼鏡をかけた中年男に、一枚の紙を見せられた。

「堂城駿真さんですね。警察の者です。こちら、家宅捜索の令状が出ています」

いわゆるガサ入れというやつだった。その眼鏡の刑事が、令状に書かれた小難しい文言を読み上げた。内容はろくに頭に入ってこなかったが、「大麻」という言葉だけは聞き取れた。その後、後ろに控えていた十人ほどの刑事たちが、一気に部屋に上がり込んできた。

「えっ、ちょっと、何ですか？　どういうこと？」

リビングにいた鞠子も、突然上がり込んできた見知らぬ男たちに驚き、声を裏返した。

「これ、ドッキリとか？　違うの？　ねえ、何なの？」

鞠子は困惑しきった様子で、駿真に尋ねてきた。

「いや、分からないよ……」駿真は眼鏡の刑事に向き直って質問した。「あの、どういうことですか？　何を疑われてるんですか？」

だが、本当はだいたい分かっていた。さっき「大麻」と聞こえたし、あのひき逃げの捜査だったら、今さら家の中を調べても何も出るはずがない。

眼鏡の刑事から返ってきた言葉は、駿真の予想通りだった。

「冬川理沙さんが大麻取締法違反で逮捕されたのはご存じですよね？　その捜査の過程で、堂城さんも大麻を使用しているのではないかという情報が入りまして」

「そんな……僕はやったことないですよ、大麻なんて」

鞠子の手前、そう言い返しながら、駿真は頭をフル回転させて考えた。

駿真も大麻をやっていたことを、理沙が白状したのだろうか。いや、それはないはずだ。かつて愛した女を信じたい、などという感情的な理由ではない。理屈で考えて、理沙が駿真を警察に売るメリットなんてまったくない。むしろデメリットしかないのだ。

理沙が駿真を警察に売り、もし駿真が逮捕された場合、駿真は当然、取り調べに対して「大麻は理沙に勧められて始めました」と白状することになる。そうなれば理沙の罪は、多少なりとも重くなる。日本の法律では、麻薬の使用は基本的に、自分一人で使用しただけで他人に勧めたり売ったりしていなければ、初犯で執行猶予がつくのはほぼ間違いない。その程度の知識は、駿真も大麻を常用していた時期に身につけていた。

つまり、理沙が駿真を警察に売ることは、わざわざ自分の罪を重くする行為でしかないのだ。理沙がそんなことをするはずがない。

たぶん、理沙に大麻を売った売人側から、駿真の大麻使用説が出たのだろう。今のところ理沙が逮捕されたニュースしか見ていないが、『ＢＡＲ 旅人』が店ごと摘発されたのかもしれないし、あるいは大麻の販売を担当していた店員が捕まったのかもしれない。いずれにしろ、そいつが警察の取り調べで「堂城駿真もよく大麻を買ってました」と吐いた可能性が最も高いだろう。

でも、駿真が逮捕されることはない。これに関しては自信があった。

なぜなら駿真は、かれこれもう二年以上、大麻に手を出していないのだ。ひき逃げしたあの夜に全部捨てたのだから、痕跡すら出るはずはないのだ。

案の定、刑事たちは一時間以上も探し回った末に、大麻使用の痕跡を何一つ見つけることはできなかった。部屋の収納や引き出しや天井裏まで引っかき回されたことに対しては、鞠子も怒っていた。「ちょっと、聞こえましたよ！」と鞠子が抗議して、「あ、すいません」と若手の刑事が謝るやりとりも聞こえた。何か小声で失礼なことでも言われたらしい。

煌も、怒る鞠子に怯えてか、鞠子に抱かれながら断続的に泣いていた。そんな殺伐（さつばつ）とした雰囲気の中で、ガサ入れが空振りに終わったことにやや焦った様子の眼鏡の刑事が、駿真に言った。

「署までご同行願えますか？　薬物の詳しい検査をしたいので」

「いいですよ、やってないですから」

駿真は堂々と芝居をしてやった。鞠子に「何も心配するな」と言い残し、警察署にパトカーで連れて行かれてから、尿や髪の毛を採られて検査を受けた。

それでも、大麻を含めて違法薬物の反応は何も出なかった。これも当然だ。大麻成分の残存期間は、最も長く残る髪の毛ですらせいぜい三ヶ月程度だということは、ひき逃げで逮捕されることに怯えていた時期にネットで調べていた。

「どれだけ検査したところで出ませんよ。僕は薬物なんてやったことありませんから」

検査が済んだ後、駿真はまた強気の芝居をしながら言った。

「そうですか……。どうか、そのやっていない状態を、今後も保っていただければと思います」眼鏡の刑事は悔しそうに言った。

「もちろんです」

無実の人間を疑ったんだから謝れ！　とか怒鳴った方がリアルかな、なんて少し考えたが、結局やめておいた。本当は脛（すね）に傷持つ身なのだから、警察の恨みを買うのはよくない。

とはいえ、本当に心配なことは、一応確認しておいた。

「あの、僕の薬物疑惑が報じられたりしませんよね？　そんなことがあったら営業妨害ですからね」

「それはまあ、たぶんないと思います」眼鏡の刑事が言った。

「たぶんって……」

ふざけるな、濡れ衣を着せられてイメージダウンしたらどうしてくれるんだ――なんて怒鳴るのも、やっぱりやめておいた。

駿真は、静かに怒っているような芝居をしながら警察署を後にして、タクシーで帰宅した。すると、鞠子から泣きそうな顔で聞かれた。

「どういうこと？　なんで駿真君がこんなに調べられたの？」

「言いがかりをつけられただけだよ」

「やってないんだよね？」

「ああ、もちろんやってない」

「だよね。警察ってひどいね」

鞠子は駿真を少しも疑ってはいないようだった。やはり根っからの駿真のファンなのだ。本当は駿真は、昔大麻を常用していたのに。あのひき逃げをした夜までは、完全なる大麻ジャンキーだったのに――。

ただ、駿真のもとに警察が来ることはもうなく、駿真の薬物疑惑が報じられることもなかった。それからほどなく、冬川理沙の保釈のニュースが流れた。

その後の報道によると、理沙は所属事務所を解雇されたということだった。それによって、理沙は事実上の芸能界引退になりそうだということ、長年出演していた「鶴肌化粧品」のC

M契約も打ち切りとなり、違約金が発生しそうだということも報じられていた。

世間的には、そんな理沙に同情する雰囲気は皆無のようだった。これが、国際的には広く認められている大麻の使用に厳罰を科し、袋叩きにしなければ気が済まない日本の現実だ。駿真はその風潮には疑問を覚えつつも、もう何も、誰にも、駿真の不都合な真実がバレることはないはずだと、自信を持っていた。

ところが――。

それから時を経て、思いもよらぬ危機が、突然訪れたのだった。

19

まったく、日本の警察はここまで落ちぶれたのか。駿真が大麻なんてやるわけがない。まあ、ひき逃げはしちゃってるんだけど、あれは車道で寝てた被害者が悪いんだし、そのおかげで私は駿真と結婚できたんだし、とにかく警察には猛省してほしい――。鞠子は腹を立てていた。駿真と昔共演したことがあるだけの冬川理沙が逮捕されたからって、堂城家がガサ入れされる筋合いはないのだ。

それにしても、ガサ入れというのは迷惑なものだった。家の中を徹底的に引っかき回された。特に頭にきたのが、鞠子の下着が入った引き出しを調べた男性捜査員が、鞠子のパンツを手にとって「でっか」と小声で言ったことだった。「ちょっと、聞こえましたよ!」と抗議したら、さすがに「あ、すいません」と謝ってきた。

当然、大麻なんてどこからも出てこなかった。だったら平謝りして片付けをきちんとしてから帰るのが筋だろうに、警察はさほど謝らなかったし、片付けはひどく雑だった。「自分たちで散らかしたんだから、全部元通りにしてください」と何度も言ったのに、漫画の巻の順番すらぐちゃぐちゃのまま帰っていった。しかも、まだしつこく駿真のことを疑って、警察署に連れて行ったのだ。

駿真は警察署で尿検査などをされたらしい。もちろん、潔白なのだから大麻の反応なんて出るはずがなかった。とはいえ、鞠子はほんの少しだけ駿真を疑って「やってないんだよね?」と念を押してしまったけど、駿真はちゃんと「もちろんやってない」と力強く答えてくれた。

まったく警察なんてろくなもんじゃないと、鞠子は心から思っていた。この時は——。

ほどなく、冬川理沙が保釈されたというニュースが流れた。以前からほぼ鶴肌化粧品のCMでしか見なくなっていたし、これで芸能生命は終わりなのかな、なんて思っていたら、案の定、彼女が所属事務所を解雇されたというニュースが流れ、その数日後には『冬川理沙、事実上の芸能界引退か』というネットニュースの記事も出ていた。その記事にはこんなことが書かれていた。

『冬川理沙は、子役時代から演技力こそ評価されていたものの、仕事への意欲が低いことも業界内では有名だった。長年所属した事務所を解雇された今、新たに彼女を所属させようという事務所が現れるとも考えにくい。また、関係者の話によると、冬川理沙は両親との関係も悪く、さらに芸能界の友人も特におらず、今回の逮捕を機に完全に孤立してしまう可能性も高いとのこと。孤独で相談相手がいないことは、薬物犯罪の再犯につながりがちだ。冬川理沙が今後、再犯してしまうことがないかが心配だ』

どこまで本当かはさておき、鞠子はその記事を読んで「かわいそうな人だな。まあ自業自得だけど」と思った。

それから何ヶ月か経ち、冬川理沙に執行猶予つきの判決が下ったというニュースが流れた頃には、世間は彼女の存在もほぼ忘れてしまったようだった。鞠子も、もう彼女の動向にはあまり興味がなくなっていた。

ところが、そんなある日のことだった。

鞠子は予期せず、とんでもないものを見つけてしまった——。

堂城家の銀行口座の残高を、鞠子はその時、何気なくスマホで確認していた。この口座は駿真名義で、元々駿真が独身時代から使っていて、結婚後は家族のメインバンクとして使うようになり、日々の生活費はこの口座から支払っていた。鞠子は一家の主婦として、収支を把握しておいた方がいいと思って、自分のスマホでネットバンキングの手続きをしてあった。厳密には、口座の名義人以外が独断で手続きをするのはルール違反だろうけど、暗証番号が駿真の誕生日になっていることも、駿真と一緒にコンビニに行ってＡＴＭで現金を引き出すところをチラッと見て知っていたから、妻の立場なら案外簡単にできた。

口座の出入金をそこまで頻繁にチェックしていたわけではないけど、今や売れっ子俳優である駿真の収入により、増えていく一方の残高を見るのは楽しいものだった。だいたい月に一度ぐらいは、スマホで出入金の記録を眺めるのが鞠子の習慣だった。

ところが、その中に、明らかに異常な送金があったのだ。

送金額は二百万円。そして、その送金先の名称は、フユカワリサ。

フユカワリサ、冬川理沙――鞠子の頭の中は真っ白になった。

当然、仕事から帰ってきた駿真に、すぐその件について問いただした。

「ねえ、これ、どういうこと？」

すると駿真は、今にも泣き出しそうな顔になって、絞り出すように答えた。

「実は……冬川理沙に、脅迫されたんだ」

そこからの駿真の告白は、あまりにもショッキングな内容だった。しかし鞠子は、妻として受け入れるしかなかった。

20

『私があなたのこと週刊誌とかにしゃべったら終わりだよね。それが嫌ならお金ちょうだい。いっぱいもらってるのは知ってるから笑』

その文面の後に、理沙の銀行の口座番号などが書いてある。くしゃくしゃになったその手紙を見せると、鞠子は顔を歪めて息を呑んだ。それもそうだろう。特に文の最後の「笑」が、理沙の冷酷さを際立たせている。

「これが冬川理沙からの脅迫状だ。これをテレビ局の前で渡されて、誰にも見られちゃいけないと思って、一回丸めて捨てたんだ」

駿真はそれを鞠子に見せる前に、それまで隠してきた冬川理沙との過去も打ち明けるしかなかった。かつて理沙と肉体関係を持っていたこと。理沙に勧められて大麻を覚え、長らく常用していたこと。あのひき逃げも、大麻の使用直後だったため警察を呼ぶわけにはいかず、逃げるしかなかったこと。――当然ながら、それを聞いて鞠子はさらにショックを受けたようだった。

「ひき逃げの直後、俺は大麻を全部捨てたし、それ以来一度もやってない」

もう大麻に関して鞠子に隠すことは何もない。駿真は打ち明けた。

「この前、警察がガサ入れに来たのは、大麻を売ってたバーの誰かが捕まって、俺のことを吐いたんだろうと思ってたけど、やっぱり冬川理沙に売られたのかもしれない。あのバーが摘発されたっていうニュースは、ネットで探しても見つからなかったしな。――理沙が俺を売ってもメリットはないと思ってたけど、あいつは賢い人間じゃないから、薬物は初犯ならまず執行猶予がつくとも知らずに、一緒に大麻をやった仲間を吐いたら執行猶予をつける、とか刑事に言われて、真に受けちゃったのかもしれない」

駿真はうつむきながら語る。それを聞く鞠子は、今にも泣きそうな表情だ。

「とにかく、俺は大麻を完全にやめてるから、今後も警察に捕まることはないはずだ。ただ、今の俺は警察よりも、理沙の方が怖い。あいつは事務所をクビになってＣＭの違約金も発生して、マジで金がないみたいだから、金のためなら平気で俺を週刊誌に売ると思う。今のあいつにとって確実に収入を得る方法っていったら、俺を週刊誌に売るか、それが嫌なら金を払えって俺を脅すことしかないだろうから」

駿真は一気に語り、ため息をついてから、さらに続けた。

「鞠子と結婚する前の、落ち目だった頃の俺なんて、週刊誌に売っても大した価値はなかっただろうけど、今の俺は違う。人気が出て好感度も上がって、CMまでやってる以上、大麻をやってたことを理沙に暴露されたら終わりだ。――あいつは今後も、俺から金をむしり取るつもりらしい。テレビ局の前で俺を待ち伏せて、この脅迫状を渡してきた時、今回だけで終わらせるつもりはないって言ってた。悔しいけど、これからも理沙に金を振り込むしかないと思う。金で済むなら、俺たちにとってはまだダメージが少ないだろうから」

駿真の痛切な言葉を聞いて、鞠子は泣き顔でしばらく沈黙していた。

ところが、すぐに駿真は、鞠子という女の真骨頂を目の当たりにすることになった――。

「冬川理沙を殺しちゃうこと、できないかな」

鞠子は沈黙を破り、冷たい目で言い放った。駿真はおそるおそる聞き返す。

「えっ、それ……本気で言ってんのか?」

「うん」

鞠子は、しっかりとうなずいた。

「だって冬川理沙って『事実上の芸能界引退か』なんて記事も出てたし、その中で、家族仲も悪くて芸能界の友達もいないから孤独だとか書かれてたよ。実際そうなんでしょ？」

鞠子が尋ねると、駿真は「ああ、うん」とうなずいた。

「ってことは、冬川理沙が行方不明になっても、それに気付いてすぐ警察に相談するような人はいないんじゃない？　もちろん、死体を見つからないように処分するのは絶対条件だけど、それは私の地元ぐらいの田舎だったら、きっとできるはずだよ」

鞠子は語りながら、頭の中にどんどんアイディアが湧き出ていた。そう、鞠子は駿真のためなら、日頃思いつかないような大胆かつ違法なアイディアも次々と思いついてしまうのだ。それは駿真のひき逃げを目撃した後も同じだった。もっとも、あの時は駿真のためというより、駿真を自分の夫にするためだったけど、今度こそは本当に駿真のためだ。

駿真を守るためなら、殺人と死体遺棄だって平気で犯してみせる。これこそが愛の力だと鞠子は確信していた。駿真が昔大麻に手を染めていたことや、冬川理沙と付き合っていたことを、今まで鞠子に隠していたのはショックではあったけど、この非常事態にそんなことは言っていられない。今はとにかく、我が家に迫る冬川理沙という脅威を、完全犯罪で始末することだけを考えなくてはいけない。

「あ、それに、殺し方もいいのがある」鞠子はさらにひらめいた。「実家の倉庫の中の農薬にね、人を殺せるやつがあるの。ほら、うちのお父さん、不謹慎な冗談とか結構言うでしょ？ あの感じで『この農薬はいざとなったら人も殺せるんだ』って言ってたのを、何度も聞いたことがあるの」

うんと薄めて散布して、農産物が店頭に並ぶ前にきちんと洗浄されれば問題ないけど、原液を飲めば人が死んでしまうような農薬はいくつもあるのだ。しかもご丁寧に、そういう農薬の容器には「医薬用外毒物」「医薬用外劇物」と表記されている。だから、鞠子のような素人でも、人を殺せる農薬を一目で見分けることができる。――農家の娘として、鞠子にもそれぐらいの知識は備わっていた。

「この部屋に冬川理沙を呼ぼうよ。それで、農薬入りの飲み物を飲ませるの。まあ、包丁で刺したって首絞めたっていいんだけど、まず農薬で弱らせてからの方が、たぶん成功しやすくなるでしょ」

そこから鞠子は、万全を期すべく計画を調えていった。

「冬川理沙には『二百万円を振り込んだのが嫁にバレた』って、あえて本当のことを言っちゃっていいと思うの。ただ、『振込先の名前は表示されなくて、誰に振り込んだかまでは嫁は気付いてない。だから適当にごまかした』とか説明すればいいかな。そういうのって、たぶん振り込まれた側は本当か嘘か見抜けないだろうし、私にバレてることまで分かったら、私と駿真がグルで何か企んでるんじゃないかって、どんなに馬鹿でも少しは警戒すると思うからさ」

　数分前に駿真も言った通り、冬川理沙は決して賢い敵ではないはずだ。鞠子だってそこまで頭脳明晰な自信はないけど、大麻で捕まったあげく元彼を恐喝するような落ちぶれ女優との知恵比べになら、勝つ自信があった。

「で、こんな嘘をつくのはどうかな。――嫁にバレたからもうお前に金を振り込むことはできないけど、ちょうど新車を買うことにしてたから、嫁にはその頭金だって嘘ついて、銀行から何百万円下ろしてきた。高級車だって言って実際は中古車を買うから、その差額を理沙に渡せる。嫁は車に全然詳しくないから、この方法なら絶対バレない――。そんな感じの説明をすれば、冬川理沙は喜んでここに来るんじゃない？　私は出かけてることにして、奥の部屋にでも隠れておけばいいし。まあ、煌をどうするかは問題だけど」

　と、鞠子は知恵を働かせながらどんどん語ったのだが、駿真はまだ勇気が出ない様子で、おずおずと言った。

「本当に殺すのか？　バレたら俺たち、マジで終わりだぞ。金で済むんだったら、捕まるリスクを犯してまで殺すことはないと思うんだけど……」

　でも鞠子は、すぐはねつけた。

「いや、『金で済むんだったら』っていうけど、たぶん済まないいんじゃないかな。冬川理沙は最終的には、駿真君のことを週刊誌に売ると思うの。だって、駿真君から散々搾り取った後で、結局スクープを週刊誌に売っちゃえば、その分のお金ももらえるんだから。私が冬川の立場だったら絶対そうするな。――もちろん、冬川の証言だけで駿真君が逮捕されることはないだろうけど、イメージは一気に悪くなってCMも今後の仕事も全部なくなって、最悪収入がゼロになっちゃうかもしれない。そう考えると、やっぱりやるしかないと思うの」

鞠子は、いつになく論理立てて話す自分に感心しながら、なおも語った。

「殺人のリスクの方が一見大きいように感じるけど、冬川理沙を生かし続けて、駿真君の過去を暴かれるリスクを放置し続ける方が、実はずっと危険だと思う――。ただ、それ以上に大きい理由が、単純に私の愛する駿真君を脅してる、クズの元カノが許せないってこと」

鞠子は、脅迫者の冬川理沙に対する忌々しい思いを、顔を歪めて口にした後、すぐに笑顔を作った。そして、結婚を申し込んだあの日のように、駿真の手を握って言った。

「ねえ、冬川理沙を殺そう。二人ならきっとできる」

そうか、これが俺を脅して結婚にこぎ着けた女の決断力なのか――。駿真はまざまざと見せつけられた。

もはや尻込みすることは許されなかった。鞠子に従おう。駿真は決意した。

その日から、鞠子による冬川理沙殺害計画は、着実に進行していった。

鞠子は、煌を連れて電車に乗って実家に帰り、農薬をこっそり持ち帰ってきた。孫の顔をできれば毎日でも見たい、鞠子の両親の武広と秀美は、「駿真が番組でもらった賞品の旅行券を渡したい」という嘘の理由に対して、別に郵送すればいいのに、なんて言うはずもなく、嬉々として鞠子を出迎えた。そんな両親が煌をあやしている間に、鞠子が「ちょっとトイレ」と言って、トイレの先にある勝手口から外に出て庭の倉庫へ行き、あらかじめ用意した小さなプラスチックボトルに目当ての農薬を移し替えて戻ってきても、武広も秀美も少しも気付かなかったらしい。

死体運搬用のビニールシートも、死体遺棄用のスコップも、すべて鞠子がネットで注文した。「万が一こんなのを買ってたことが警察にバレても、キャンプに行く予定だったとか言えばいいでしょ」と鞠子は自信満々だった。まあ、実際にこの購入履歴を警察に調べられたとしたら、その時点でもう警察に疑われているということだから逃げ切れないだろうと駿真は思ったが、それは言わないでおいた。

鞠子が主導して、理沙を殺して埋める準備は万端に調った。あとは理沙が乗ってくるかどうかだった。

前回の振り込みが鞠子にバレた。でも誰に振り込んだかまではバレてなくて、どうにかごまかした。だから今回は新車を買うことにして現金を下ろして、でも本当は中古車を買って、差額の二百万円を理沙に渡す。この方法なら、車に詳しくない鞠子にはバレないはずだ――。

そんな、鞠子の提案通りのＬＩＮＥを駿真が送ると、ほどなく理沙から返信があった。

『マジで？　ありがとう。前回と合わせて四百万ね。とりあえず今回はそれでＯＫにしてあげる。まあ、また足りなくなったらお願いすると思うけど、よろしくね』

それを読んですぐ、駿真はＬＩＮＥを返す。

『じゃ、あさっての午前十時に、俺のマンションに来てもらってもいいか？　理沙が知ってるあのマンションの部屋に、俺は今も引っ越さずに家族と住んでる。俺は午後から仕事だけど、鞠子も午前中に出かける予定が入ってるから、ちょうど家で二百万を渡せる。もし無理だったら、その先は当分撮影が入ってるから、渡すのが遅れちゃうんだけど』

本当は、その日は午後からの仕事もなく、理沙殺害のために丸々使える休日だった。

すると、理沙から『ＯＫ。あさって行くね』と返信があった。

それから駿真と鞠子は、さらに必要な準備を調えた。

いよいよ、理沙殺害計画が実行されるのだ――。駿真はさすがに緊張した。人生を賭けた、一世一代の大勝負であることは間違いなかった。

21

約束の午前十時ちょうどに、部屋のチャイムが鳴った。オートロックのカメラに映る冬川理沙は、二百万円どころか数千万円でも入りそうな、大きなトートバッグを持っていた。

「今開ける」

駿真は短く言って、解錠ボタンを押した。

その様子を確認してから、鞠子が「じゃ、行くね」とささやき、奥の寝室に入った。煌は寝室のベビーベッドに寝ていて、鞠子が隠れるのは、さらに奥のウォークインクローゼットの中だ。もし煌が泣いたら「カミさんだけ出かけてる」と言い訳することになっているが、煌はぐっすり寝ていて当分起きなそうだ。もっとも、理沙が農薬を飲み、断末魔の悲鳴でも上げたら起きてしまうかもしれないが。

ほどなく部屋のドアチャイムが鳴った。駿真は玄関を開け、いよいよ理沙を招き入れる。

「おじゃましま～す。そういえば、ここ来るの久しぶりだよねえ」

靴を脱いで廊下を歩きながら、理沙が呑気な口調で言った。

「ああ、そうだよな」

駿真は殺意を隠してうなずく。すると理沙が、意地悪な顔で言ってきた。

「ていうかさあ、今日、迎えに来てくれてもよかったんじゃないの?」

「それはだって……二人でいるところを誰かに見られたり、万が一週刊誌に撮られたりしたら一大事だろ。もし不倫を疑われて週刊誌に載ったら、鞠子に問い詰められて、たぶん理沙に金を払うのも、今後ますます難しくなるから」駿真が弁解する。

「そっか……じゃあしょうがないか。許してあげる」

上から目線の言い方で、理沙は笑った。元々はこんな関係じゃなかったのに、金を強請る立場になった今、理沙の態度はすっかり変わってしまった。

「でも、赤ちゃんがいるとちょっと狭いか、この部屋じゃ」理沙が言った。

「まあ、思い切って家かマンションを買おうかって、鞠子とも話してるんだけどな」

駿真が答える。少し和やかな会話になったかと思いきや、理沙が冷たい表情になった。

「なるほどね、そんなに余裕があるんだ。やっぱり売れっ子は違うねえ」

理沙は嫌味な口調で言うと、冷ややかな目で駿真を見上げた。

「それだけ余裕があるなら、多少むしり取っても罪悪感はないわ。ていうか、別にこのマンションに一生住んでもいいわけでしょ。外から他の部屋の洗濯物見えたけど、家族で住んでる人もいるみたいだし」

「あ、ああ……」

言葉に詰まった駿真に、理沙は冷酷に告げた。

「だったら、私へのお金を優先してもらうよ」

やっぱり殺すしかない――。駿真は確信した。たぶん、隣の部屋のクローゼットの中でこの会話を聞いている鞠子も、同じ気持ちだろう。

「ああそうだ。理沙、コーヒー好きだろ？　この前、番組で珍しいのをもらったんだ。よかったら飲んでいきなよ」

駿真が、ふと思いついた感じで言った。すると理沙は笑顔を見せる。

「へえ、わざわざありがとう。お金だけじゃなくてコーヒーまで」

駿真はそこから、緊張を抑えつつコーヒーの準備を始めた。混入した致死量の農薬を一回で飲み干せるよう、ぬるめの温度で作るのも、鞠子と立てた計画通りだ。

ほどなく完成したコーヒーを、駿真はテーブルに置いて理沙に差し出す。

「はい。このコーヒー、相当な高級品らしいんだけど、珍しい味なんだよ。最初は不味いって思うんだけど、ぐっと飲み干すと美味く感じるんだ」

「へえ～」

理沙は、まさか殺されるとまでは思っていない様子で椅子に座り、無警戒に一口飲んだ。

だが、すぐに顔をしかめた。

「うえっ……これが美味しくなるとは思えないんだけど」

「俺も最初そう思ったんだけど、全部飲んでみ」

駿真は笑顔を作って言った。しかし理沙は、不審そうな目でコーヒーカップの中を見た。

「ねえ、もしかしてこれ……」

あ、これはもうダメだ。勘付かれた。こうなったら実力行使だ——。駿真はすぐに判断して動いた。

「いいから飲めよ！」

駿真は理沙に駆け寄り、無理矢理カップを口に押しつけた。理沙は抵抗したが、しょせん女の力だ。顎を上げさせて口を塞ぐと、理沙はコーヒーを吐くこともできず、飲み込むしかなかった。

コーヒーを飲み干した理沙は、すぐに異変を感じたようで、胸を押さえながら「ううっ」と唸って床にひざまずいた。そして、すぐに苦しそうな顔で「おええっ」とえずいた。

「くそおっ……やりやがったな……ぐぼっ、おえええっ」

さすがに理沙も、毒を飲まされたことを確信した様子だった。かつて愛した女だとは思いたくないほど、まさに鬼の形相でえずく理沙。そのまま床に倒れてくれれば手間がかからなかったのだが、最後の力を振り絞るかのように、よたよたと歩いて寝室の引き戸にぶつかった。バタンと大きな音が立つ。

そこで、寝室の煌が「うえ〜ん」と泣き出した。大きな音で起きてしまったのだろう。

煌の泣き声を聞いて、理沙はかっと目を見開き、忌まわしい一言を呻いた。

「赤ん坊……殺ってやる」

理沙が寝室の引き戸に手をかけ、一気に開けた。

「やめろっ」

駿真は理沙の脇を抜け、前に立ちふさがった。直後、背後で音がした。鞠子が慌てて、ウォークインクローゼットから出てきたのだった。煌の泣き声が響く中、堂城夫婦と理沙が対峙する形となった。

「くそ……グルだったのか……」

理沙が、クローゼットから出てきた鞠子を睨みつけ、事情を察した様子で呻いた。駿真がちらりと振り向くと、鞠子は怯えた顔で理沙を見ている。鞠子の胆力をもってしても、さすがに毒を飲まされて死にゆく人間を直視するのはつらいようだ。煌は、ただならぬ雰囲気を赤ん坊なりに感じ取ったのか、ぎゃあぎゃあと大泣きしている。

理沙はよろめきながら、ベビーベッドの方に進みかけた。最後の仕返しに、煌に危害を加えるつもりなのだろう。だが、その足取りはおぼつかない。駿真が肩をつかんで引き倒すと、理沙は「ああっ」と小さく声を上げて簡単に倒れた。

こうなったら、最終手段を使うしかない。

「鞠子、ロープだ」

駿真が指示を出すと、鞠子はウォークインクローゼットの中を振り向き、ロープを取り出して駿真に渡した。必要になるかもしれないと思って、あらかじめ準備していたのだ。理沙は「ぐうう……」と唸って、鬼の形相で苦しみながらも、また起き上がろうとしている。煌はなおも、ぎゃあぎゃあ泣き続けている。

「手伝おうか？」

鞠子が、今にも泣き出しそうな顔で申し出た。しかし駿真は首を振る。

「いい！　それより、煌を泣き止ませてくれ。あんまり泣いてると近所に怪しまれる」

駿真は指示を出しながら、ロープを理沙の首に巻きつけ、背後に回って一気に絞め上げた。

「ぐぁああっ……あがぁっ……」

理沙は、喉から声を絞り出して苦しみ、床の上で体を弓なりに反らせた。俺は今、かつて愛した女を殺そうとしているのだ。一度ひき逃げをしているとはいえ、自らの腕で人を殺すのは初めてだ。とうとう正真正銘の人殺しになるのだ――。駿真は自覚した。

すぐ目の前で父親が女を殺している、その異常事態を感じ取ったのだろう。煌は鞠子に抱かれながらも「うぎゃあああっ」とますます激しく泣き出した。

「いったん煌を連れ出せ！　いつものエレベーターだ。一階まで下りてしばらく散歩してきてくれ」

駿真が命令した。さすがにこの時ばかりは、普段の主従関係が逆転した。鞠子は「はい」とうなずき、抱っこ紐の準備を始めた。同じ部屋の中で、母親が赤ん坊を抱っこしようとしていて、父親が女の首を絞めて殺そうとしている。なんと狂気に満ちた光景だろう。

「出てる間に……こいつを殺しとく」

駿真は宣言するように言った。理沙はすぐには死にそうになかった。「ぐ、ぐぅぅ」と唸りながら、首に巻きついたロープの隙間にどうにか指を入れようとしたり、背後に回った駿真に肘打ちを食らわせようとしたり、必死に抵抗してきた。しかし、男である駿真の力には敵わない。駿真は容赦なくロープを引っ張り続ける。

一方、鞠子は抱っこ紐で煌を抱え、「行ってきます」と泣きそうな顔で言い残し、寝室を出て行った。

「死ね、死ねえっ」

駿真は思わず口にしながら、ロープを握った両手に力を込める。理沙が「ぐぅぅ」と絞り出す声もさすがに小さくなり、抵抗も弱まっていく。首が絞まっているのに加え、そもそも農薬の毒が効いているはずなのだ。

ほどなく、玄関のドアの開閉音、そして煌の泣き声が遠ざかっていくのが聞こえた。

そして理沙の抵抗も、とうとう完全に止んだ。

理沙は死んだ。駿真が殺した。かつて愛した女を、自らの手で殺したのだ——。

ロープを投げ捨てた駿真は、理沙の骸の手に触れた。温もりはなく、室温と同じだ。もちろんぴくりとも動かず、息も脈もない。顔の表情は苦痛で歪み、首には赤紫色の痛々しい絞め痕が付いているが、それを直視せず遠目に見れば、眠っているだけのようにも見える。

もはやこれは、駿真が数え切れないほど体を重ね、恋人になりたいと願った冬川理沙ではない。ただの物体なのだ——。駿真はそう考えて気持ちを静め、理沙の骸を見下ろした。

さあ、感傷に浸っている暇などない。駿真はすぐ次の行動に移った。もろもろの証拠隠滅の後、用意しておいたビニールシートを床に敷き、理沙の骸を転がして乗せてから、シートで包んでいく。

その作業の途中で、鞠子が帰ってきた。煌は泣き止み、鞠子に抱かれてまた眠っていた。こんな時でも、やはりエレベーターの効果は絶大だったようだ。

「手伝おうか？」

鞠子がまた、おそるおそる声をかけてきた。その眉間には皺が寄っている。ビニールシートから覗く理沙の骸の、歪んだ表情の死に顔と、首の絞め痕が見えてしまったようだ。

「いや、大丈夫」

おそらく本当は手伝いたくないであろう鞠子の心中を推し量り、駿真は返事をした。手は止めず、ビニールシートをガムテープでしっかり巻いて留めていく。

「あ、LINEとか消したよね？」

鞠子がまた尋ねてきたが、駿真は万全の証拠隠滅をすでに施していた。

「ああ、大丈夫だ。死に顔で顔認証を開けて、全部消しておいた」

それからほどなく、ビニールシートでの梱包作業も完了した。駿真が声をかける。

「よし、じゃ、いったん煌をベビーベッドで寝かせて、これを車に積んですぐ戻ってこよう。煌が起きちゃったらまた泣き出すかもしれないから、なるべく急ごう」

「うん」鞠子がうなずいた。

「ちょっと休むか？」

駿真が心配して尋ねたが、鞠子は「ううん、大丈夫」と首を振った。

鞠子がベビーベッドに煌を寝かせる。そして、ビニールシートで包んだ理沙の骸を、「せえの」と声をかけて二人で持ち上げ、部屋から運び出す。リビングから廊下を抜け、玄関の手前でいったん骸を床に置き、ドアを開けてから共用部へと運び出す。

今の堂城夫妻は、見るからに不審だ。ビニールシートで巻いた、ちょうど人間ぐらいの大きさの何かを、二人がかりで運んでいるのだ。「死体でも運んでるんじゃないか」と、どこまで本気で思われるかはさておき、他の住人に思われても仕方ないだろう。

さっき鞠子と煌が乗ったので、マンションのエレベーターは堂城家がある六階で止まっていた。先を歩く駿真が、ビニールシートを持った右腕の肘でエレベーターのボタンを押し、二人でそのまま乗り込む。

「じゃ、そっちが足だから、そっちを下にして立てよう」

駿真の指示に鞠子がうなずき、エレベーターの角に、骸が入ったビニールシートを立てた。すぐに駿真が、エレベーターの「1」のボタンを押し、エレベーターは降下を始めた。

そのまま誰も乗ってこなければよかったのだが、あいにく四階で止まってしまった。一気に緊張感が増す。しかし、これも想定内だ。

エレベーターに乗ってきた中年女性の住人に、駿真と鞠子は笑顔で挨拶した。

「こんにちは〜」

「あ……どうも〜、いつも見てます」

駿真は初対面だと思っていたが、相手は堂城夫妻が同じマンションに住んでいることまで知っていたようだ。まあ、こっちは知らなくても相手は知っている、というのは芸能人にはよくあることだ。

その中年女性は当然、エレベーターの角に立てかけた、ビニールシートで包まれた大きな物体が気になったようだった。

「これ……ずいぶん大きな荷物ですね」

「ああ、実はこれ、彫刻なんですよ」駿真が笑顔で返した。

「彫刻？」中年女性が聞き返す。

「ええ、今度、特番がありまして。素人が一から勉強して彫刻を作るっていう宿題を出されてたんですよ。で、家で作ってたのが完成したんで、今から事務所に運ぶんです」

「あら、大変なお仕事ですねえ。頑張ってくださいね」中年女性は感心したようにうなずいた後、尋ねてきた。「あ、放送日とかは？」

「え～っと……たしか、まだ決まってなかったですね。一回きりの特番なんで」

駿真は、思い出そうとしたようなふりをして答えた。もちろんこの言い訳も、途中で他の住人に遭遇した時のために、あらかじめ決めてあった。

「そうですか……あ、それじゃどうも～」

エレベーターの扉が開き、中年女性はにこやかに去って行った。駿真と鞠子は笑顔で見送る。まさかビニールシートの中身が、大麻で身を滅ぼした女優の冬川理沙だなんて、彼女は想像だにしなかっただろう。

その後は誰ともすれ違うことなく、骸が入ったビニールシートを駐車場まで運ぶことができた。前の車では積むのに苦労しただろうけど、CMに出てキヨタ自動車からプレゼントされたグランダは、スマートキーをポケットに入れたままリアバンパーの下に足先を出し入れすると、両手が塞がっていてもバックドアが自動で開くし、広々スペースのファミリーカーだけあって、あらかじめ三列目シートを畳んでおけば骸も余裕で入った。もし契約が更新されたら、次期のCMでは「わ〜、死体も楽々積める！」と笑顔で紹介したいぐらいだ。

すぐ部屋に引き返し、幸い眠り続けてくれていた煌も抱っこして連れ出して、眠ったままチャイルドシートに乗せることに成功し、車を出発させた。できれば煌を起こしたくなかったので、車内での夫婦の会話はほとんどなかった。

検問にでも遭えば一巻の終わりだったが、そんな不運には見舞われず、グーグルマップで当たりを付けていた埼玉県の田舎の森の中の、未舗装の細道の路肩に車を停めた。

ここからいよいよ、理沙の骸を埋める作業だ。

穴はその二日前、理沙を招いて金を渡す約束をＬＩＮＥで交わした日の夜に、その森の奥にすでに掘ってあった。誰も足を踏み入れないような森が、田舎にはいくらでもある。そんな森の奥に穴を掘って、スマホの地図にGPSで記録しておけば、後で死体を放り込んで、埋めてすぐ立ち去ることができる。二日前に穴を掘ったスコップも、そのまま穴の近くに放置しておいた。

万が一、誰かに穴を見つけられていたらまずいので、念のため鞠子と二人で車を降りて、ハイキングでもするように——とてもハイキングするような場所ではないのだが——穴を見に行った。そこで、穴が二日前に掘ったままの状態になっていて、スコップも置いたままの位置にあって、周囲に人っ子一人いないのを確認した上で、車に戻る。

チャイルドシートの煌は、家を出発してからほとんど起きることなく、二時間以上眠っていた。そのまま寝ていてくれと願いながら、骸が入ったビニールシートを、荷室から鞠子と二人で運ぶ。落ち葉の堆積した柔らかい地面や下草に、何度か足を取られそうになりながらも、どうにか穴の傍らに置くと、ビニールシートを開き、中身を穴に転げ落とした。

ごろんと穴の底に落ちた理沙の骸は仰向けになり、苦しそうに歪んだ顔が、ちょうど駿真と鞠子の方を向いた。首の赤紫色の絞め痕も露わになる。理沙の半開きの目は、まるでこちらを睨みつけているかのようだった。駿真は思わず寒気を覚え、鞠子も「ひっ」と息を呑んだのが聞こえた。

「早く埋めよう」

駿真はスコップを握り、自ら犯した罪に急き立てられるように、先日掘った際に穴の周りに積んだ残土を、どんどん理沙の上にかぶせていった。苦しげに歪んだ顔は、すぐに土で見えなくなった。

「じゃ、あとはお願いね。煌を見に、車に戻っておくから」鞠子が言った。

「ああ、頼む」

鞠子は逃げるように車に戻り、ほどなく駿真による埋葬作業も終わった。埋めた跡をしっかり踏み固め、周りの落ち葉や枯れ枝をかぶせておく。見た目ではまず分からないし、そもそも誰かがここに来ること自体がそうはないはずだ。掘り返されることは絶対にない。断言していいだろう。

スコップを持って駿真も車に戻り、すぐに出発する。帰りに、この辺では最大級だというイオンモールに寄った。一応、今日はここに来るのが本来の目的だったというアリバイ作りでもあった。もっとも、そんなアリバイが必要になることはないはずだが。

これにて、完全犯罪は成立した。冬川理沙に脅迫されることはもうないし、堂城家の今後も安泰だ。駿真にはそう確信できた。

もう何も心配することはない——。駿真はその日から何度も、自分に言い聞かせた。

22

鞠子は駿真とともに、冬川理沙を殺して埋めた。それは殺人と死体遺棄という、まぎれもない凶悪犯罪で、社会的には絶対に許されないことだ。

でも、鞠子は確信している。

あの日以来、夫婦の絆は間違いなく深まった。たぶん駿真も同じことを思ってくれているだろう。

あの日までは結局、二人の関係は主従関係だったのだ。鞠子が主で、駿真が従。鞠子が「いつでも駿真のひき逃げ動画を警察に渡すことができる」と脅して結婚にこぎ着けて以来、ずっと一方的に駿真を従わせていた。そんな関係は対等とは程遠かった。

もちろん、あれはあくまでも脅し文句で、本当にそんなことをするつもりはなかったけど、駿真だけを警察に突き出すという選択肢を鞠子が持っていた状況では、鞠子の圧倒的優位は揺るがなかった。

でも今は違う。主に鞠子が殺人の計画を立て、駿真が実行した。二人は完全に殺人事件の共犯者だ。鞠子が駿真を警察に突き出すなんていう選択肢はもうない。捕まる時は一緒だ。

これで夫婦の立場が、完全に対等になったのだ。

鞠子の中で、駿真への愛がいっそう強まった。まさに夫婦の間に連帯感が生まれた。冬川理沙殺害以前は、駿真は家では無口で、あまり会話が長く続かなかったけど、殺害以降、明らかに会話が増えたし、一つ一つの会話も長く続くようになった。正確には殺害の準備段階からだと思う。もちろん準備段階では、「どこに死体を埋めようか」とか「スコップどうしようか」とか、決めなければいけないことがたくさんあったから、会話も増えて当然だったけど、その名残で、殺害を成功させた後も「今夜何食べる?」とか「煌のベビー服、どの色がいいと思う?」とか、ちょっとした問いかけにも、駿真が笑顔で答えてくれるようになったのだ。

冬川理沙殺害は、今のところバレる気配がない。何ヶ月経っても、冬川理沙の報道なんて何一つ見ていない。思っていた通り、天涯孤独で実家とも断絶し、芸能界を追われて無職になった彼女が、行方をくらませたところで誰にも気付かれず、仮に気付かれたところで事件性を疑われることまではないのだ。たぶん、いずれマンションの家賃を引き落としていた口座の残高が尽きて、大家や管理会社には気付かれるのだろうけど、そこから警察に通報されることまではないだろうし、万が一あったとしても、警察が本格的に捜査に乗り出すことはないはずだ。世の中でざらに起きている、家賃を滞納して住人が行方をくらますという小さな事件が起きただけ。それが元芸能人だからって、警察が特別扱いすることはないだろう。だから、もう大丈夫。心配することはないのだ。

むしろあの事件は、鞠子と駿真の絆を深めるためのイベントだったのだ。

殺人を機に夫婦仲が深まったなんて、一生誰にも言えない秘密だ。でも、十年以上ずっと大好きだった駿真と、そんな秘密を共有していることが、鞠子にはたまらなく嬉しかった。

駿真と鞠子が、同じ殺人犯という立場になったことで、夫婦の間に連帯感を覚えるようになった。この感覚は、鞠子も感じているだろう。駿真にはそう実感できた。

これが本当の夫婦になったということなのだろうか——。いや、そんなわけがない。どの夫婦も殺人を犯しているわけがない。

でも、脅迫者と被脅迫者という今までの立場よりも対等になった分、夫婦として本来あるべき形に近付いたような気さえした。もちろん実際は、普通の夫婦からは遠ざかっているに決まっているのだけど。

あの事件を機に、鞠子との会話が長く続くようになった。正確には殺害準備の段階からだと思う。結果的にあの時期を経験したことで、二人の間の垣根が取れた感があった。たとえば「今夜何食べる？」とか「煌のベビー服、どの色がいいと思う？」とか、鞠子からのちょっとした質問からも会話が弾むようになった。

そして、無事に完全犯罪を成し遂げてからも、駿真の仕事は順調で、金もどんどん貯まっていった。バラエティ番組が中心のおちゃらけたタレントから、演技の仕事が中心の本格的な俳優へと、うまく移行することに成功したのだ。ドラマや映画のオファーはコンスタントに来ているし、実入りのいいCMの仕事も、また立て続けに二本決まった。

まずは消臭剤の「ニオワンマン」のCM。「どんなにおいも、ニオワンマンが脱臭さ！必殺、デオドラントビーム！」という台詞とポーズを五十テイク以上撮られたのは大変だったが、高額ギャラと引き換えなら乗り切れた。

その翌週に撮影したのが「穿かせるオムツ・メリーマン」のCM。赤ちゃんのオムツに駿真の顔がCGではめ込まれ、「僕はみんなのヒーロー、メリーマン。横もれしづらくて安心さ！」と言ったところで、オムツを穿いた赤ちゃんが排便した感じでぶるっと震え、オムツ役の駿真が一瞬真顔になった後でまた「はっはっは！」と高笑いするCM。これも、オムツを擬人化したコミカルなCMとして、なかなか話題になった。

ウルトラライダー俳優として、バラエティ番組で「みんなのヒーロー、堂城駿真です」と自己紹介していたのも功を奏してか、駿真がヒーロに扮したCMが、同時期に二つ放送されることになったのだ。これで堂城駿真は、夫婦で二本、一人で三本のCMに出演する、人気

ＣＭタレントの一角に入ることができた。

世間から見れば、堂城家はもう、完全なるセレブに該当するはずだ。ＣＭのギャラだけで十分富裕層といえるレベルの年収を叩き出しているし、それに加えてドラマや映画のギャラも入ってくるのだ。

ある時、煌を寝かしつけた後で鞠子が、ネットバンキングの残高を、最近買ったタブレット端末で見ながら言った。

「ねえ、そろそろ家買わない？　もう買えるよね？」

「ああ、そうだな」駿真もうなずいた。

「嫌だもん。あいつが死んだこの部屋で暮らすの」

冬川理沙という忌まわしい名前は出さずに、鞠子が顔を歪めてから、気を取り直したように笑顔になる。

「やっぱり、理想は一戸建てだよね～」

鞠子はテーブルの上でタブレットを操作し、不動産サイトで検索を始めた。

ただ、そこで駿真は、意見を挟んだ。

「でもなあ……芸能人として、イタズラとかもされないような、セキュリティのしっかりした家を都内に建てるには、今の貯金でもちょっと足りないと思うんだよな」

「え、そうかな？　だって、芸人さんでも一戸建ての人いるよ」鞠子が言う。「しかも、MCとかじゃなくて体張る系の芸人さんでもいたよ。ハンターの尾又さんとか、とにかく陽気な安川さんとか、番組で時々、一戸建ての家が出てくるもん。ぶっちゃけ、あの人たちよりは駿真君の方が稼いでるんじゃない？」

「いや、でもあの人たち、押本だろ？　事務所が大手だと、一戸建てでも何十年のローンが組めるんだよ」

鞠子が名前を挙げたのは二人とも、押本興業所属の芸人だ。お笑い界の圧倒的最大手どころか、今や日本の芸能界でトップクラスの規模を誇る巨大事務所だから、他の事務所よりは銀行からの信用も厚いだろう。

「正直、アモーレプロダクションじゃ、一戸建てのローンは厳しいと思う。事務所の先輩の小柴さんも、あれだけ長く活躍してるのに一戸建ての審査には通らなくて、結局マンション買ったって、たしか前に聞いたから」

駿真は、事務所の先輩のベテラン脇役俳優、小柴広康の名前を出した。

「あとはまあ、中古とか建て売りならまだしも、新築の一戸建ては当然、建てるまでの時間が必要だしな」

「あ、そっか。そんな初歩的なことに気付いてなかった」

鞠子はそれから、しばらく考えた末に言った。

「うーん、じゃやっぱり、マンションにした方がいいのかな」

「うん、たぶんその方がいいと思う」駿真はうなずいた。「今後も俺の仕事が順調で、何億も貯まったら、そのマンションを売った金と合わせて、念願の一戸建てを建てられるかもしれないし、あとマンションは所有したまま、誰かに貸して家賃収入を得るっていう手もあるらしいし」

「すごい、詳しいね」鞠子が感心した様子で言った。

「まあ、スタジオの前室とかで結構、芸能人同士のそういう話も聞くからさ」

今まではこういう時も、鞠子の言いなりだっただろう。でも今は、駿真も意見を出す。これでこそ、本当の夫婦だと思う。


その後、入念に物件探しをして、鞠子と煌を連れて内見にも行って、十五階建てのマンションの最上階の部屋を買うことに決めた。鞠子も「タワマン最上階なんてすご〜い」と喜んでいた。まあ、タワーマンションというのは一般的に二十階建て以上の呼び方らしいので、ここはタワマンには該当しないのだが、妻が満足なら結構だ。

それから数日後、事務所に行った際に、駿真は田渕マネージャーに伝えた。

「鞠子と話して、マンション買うことにしたんだ。今までずっと賃貸だったから知らなかったけど、マンション買うのって大変なんだな。頭金が現金で必要だったりして、一気に金も出て行くし」

「ああ……まあ、僕はちょっと買ったことないんで分かんないですけど」

田渕が苦笑した。駿真が話を続ける。

「で、その支払いは、生活費と一緒じゃない方がいいってことになって、そろそろニオワンマンとメリーマンのCMのギャラが入るだろうし、そのどっちかのギャラを頭金にして、たぶんちょっと余裕があるぐらいじゃないかと思うんだよね。――そうだな、たぶんメリーマンの方が、会社がでかいしギャラ高いよな。じゃ、メリーマンのCMのギャラ、新しい口座に振り込んでくれないかな？」

「ああ、はい、了解です」田渕がうなずく。

「じゃ、その番号とか、LINEに貼って今送るね」

駿真は、スマホにメモしておいた口座番号などの情報を、田渕にLINEで転送した。

それを聞いていた副社長の鏑木優子が、話に入ってきた。

「いや～、堂城君もいつの間にか、立派なパパだねえ」

「まあ、そうですね。昔の俺が見たら驚くでしょうね」駿真が笑う。

「鞠子さんのおかげよ」鏑木副社長がしみじみと言った。

「まったくです」駿真も深くうなずく。「いくら感謝しても足りないですよ」


そんな中、駿真に久々にバラエティ番組の仕事が入った。『マメトーーク』という人気トーク番組の、「愛妻家芸人」というトークテーマの回で、お笑い芸人たちにまじって、俳優として唯一出演したのだ。

その収録で、駿真は変化に気付いた。鞠子との結婚が話題になり、ほぼバラエティ番組にしか出ていなかった頃は、駿真の扱いはほぼ芸人と同じだった。でも、バラエティ番組での露出が減り、代わりに俳優業としての本業が増えた今、「人気俳優がバラエティに出てくれてる感」が随所に感じられたのだ。

まずはじめに「俳優の堂城駿真さんが、マメトーーク初登場ということで」と紹介され、一応久々のバラエティということもあり、「どうも、みんなのヒーロー、堂城駿真です」と変身ポーズつきで自己紹介したら、「いいんですよ、もうそういうのやらないで」「もうちゃんとした俳優なんだから」と他の芸人にツッコまれた。そこで駿真は「そうか、俺はもうちゃんとした俳優扱いなのか」と自覚した。

そして、愛妻家としてのトークの中で駿真が何気なく放った「僕、妻と息子のためなら死ねますよ」という言葉が、放送後にSNSでかなり話題になった。『さすが堂城駿真』『マジで理想の夫』『男として百点』『昔渋谷で堂城駿真見かけた時プロポーズしとけばよかった〜』などという書き込みが相次ぎ、いわゆる「バズった」という状況になった。

これも、駿真がほぼバラエティ番組にしか出ていなかった頃は、そこまで話題にならなかっただろう。でも今や、駿真は俳優のイメージの方が強く、今なお夫婦がラブラブだと公言するだけで、世間から好感を持たれる地位まで登りつめたのだ。

もっとも、駿真がその収録を一番盛り上げたと自負していたのは、鞠子ぐらいふくよかな体型の女芸人と結婚したベテラン漫才師と、夫婦の夜の営みについて「太めの方が全然いいですよね」「だよね堂城君、分かる分かる！」「あの、のしかかってくる重みが幸せですよね〜」などと生々しく語って意気投合した場面だったのだが、残念ながらそこは深夜番組といえども放送ではカットされていた。まあ、収録中も司会のベテラン芸人の豆原(まめはら)さんに「ええ加減にせえよ、放送できるか！」と大声でツッコまれたほどだから、仕方なかっただろう。

23

ああ、私はもう、完全なセレブになったんだな——。鞠子は、引っ越してからの生活の中でふいに実感する。そのたびに思わず顔がにやけてしまう。

タワーマンションの最上階の部屋を買って、一家で引っ越した。普通の三十代が買えるような部屋ではない。まぎれもない高級タワーマンションだ――と思っていたら、どうも厳密には、十五階建てではタワーマンションとは呼ばないらしいけど、塔みたいにそびえ立ってるんだからタワーと呼んでいいと鞠子は思っている。とにかく、夫婦と乳児では持て余すほどの広さの、眺望最高の部屋に住む鞠子は、正真正銘のセレブ芸能人の妻に違いない。

とはいえ、そんな高級な部屋に住んでも、育児が大変なのは変わりない。駿真は俳優として相変わらず好調で、撮影が立て込んでいると連日、早朝から夜まで撮影ということも珍しくない。となると必然的に、鞠子はワンオペ育児を強いられることになる。

それに、高層マンションならではの規約で洗濯物を外に干せないというのは、なかなかのストレスだ。わざわざ乾燥機にかけるより、ちょっとベランダに下げて天日干ししたい物が、よだれかけとか台拭きとか、特に育児中は結構あるのだ。

また、タワマンの高層階というのは、地震などで長期の停電が起きた時、エレベーターが停まって大変な目に遭う――というネット記事を、引っ越しが全部済んだ後で発見してしまった。鞠子は恥ずかしながら、そんなリスクを引っ越し完了まで全然認識していなかった。

もし今大地震が来たら、なんて考えると一気にナーバスになってしまった。

それに加えて、そもそもの引っ越し疲れのストレスもあった。乳児を抱えながら住環境が大きく変わり、電気ガス水道やネット回線など、色々な契約なども済ませなければならない状況で、ストレスを感じるなという方が無理だろう。

もろもろのストレスが重なった結果、鞠子は駿真に当たってしまうこともあった。一度、仕事が終わった頃の駿真にLINEをして、帰りにオムツを買ってくるよう頼んで、買ってきてくれなかったことがあったのだが、その時鞠子は「はい、Uターン」と買いに戻らせてしまった。さらに、そうやって駿真が買ってきたオムツが、普段買っているのと違ったので「レジで交換してきて」とまたドラッグストアに戻らせてしまった。あの時はさすがに、申し訳ないことをしたかな、と後で思った。

とはいえ、いずれこの生活環境にも慣れるはずだ。そうなれば、本物のセレブの風格が、私にも出てくるのかな——。鞠子はそんなことも一人で思って、ついにやけてしまう。

駿真はついに、人生で初めて不動産を買った。マンション最上階、ワンフロア丸々、ほぼ一億円の物件だ。世間的には間違いなく、売れっ子俳優で成功者といえるだろう。

ただ、鞠子が多少、引っ越しのストレスを感じてしまったようだった。前のマンションに住んでいた時より、当たりがきつくなったのだ。

その日も、駿真としてはいつも通りの帰宅だった。そこから試練が始まるとは思ってもいなかった。

「ただいま〜」

帰宅して、前の部屋の倍近い広さのリビングに入ると、顔のパックをしていた鞠子が、パックで縁取られた細い目で、駿真を睨むようにして言った。

「あれ、オムツは？」

「え……オムツって？」

駿真が聞き返すと、鞠子は小さくため息をついた。

「ＬＩＮＥしたんだけど。帰りに買って来てって」鞠子はスマホを手に取り、がっかりしたように言った。「あ、まだ既読付いてないじゃん」

「ああ、ごめん、見てなかった。運転中だったし」

「はい、Ｕターン」

「……えっ？」

「買ってきて。私行けないもん。パックしてるから」

「……は〜い」

ここで喧嘩なんてしてはいけない。駿真は自分に言い聞かせながら返事をする。

「ていうか、LINEはちゃんとチェックしてよ」

鞠子がなおも棘のある口調で言ってきた。さすがに駿真は反論する。

「いや、運転中だと、さすがに見れないよ」

「信号待ちの間とか見れるでしょ？」

「いや、信号待ちでもあんまり見てたら、下手したら切符切られちゃうし……」

「ごちゃごちゃ言わないで！」鞠子が一喝した。「とにかく家に入る前にLINEチェック！　もし買い物し忘れてたら戻る。いいね？」

「……は〜い」

駿真はひきつりそうな笑顔で応じた。改めて自分に言い聞かせる。こういう時に怒ってはいけないのだ。ドラッグストアは、マンションから徒歩三分程度のすぐ近所にある。そこまで往復して、オムツを買って済む程度のことなら、大した問題じゃない。駿真がおとなしく従えばいいのだ。

ところが、いざオムツを買って帰ると、またも鞠子が矢継ぎ早に言い募った。

「ちょっと、これ煌が使ってるのと違うやつじゃん！　これはメリーマンのレギュラータイプでしょ？　煌がいつも使ってるのは『もれない安心タイプ』だよ。CMやってるのに間違えないでよ！　ていうか、メリーマンも他のスポンサーみたいに送ってくればいいのに。

まったくケチなんだから。……まあいいや、とにかくこれ、レジで交換してきて！」

怒ってはいけない。絶対に怒ってはいけないのだ。煌が普段使っているオムツを覚えていなかった駿真がいけないのだ。そりゃ、仕事から帰ってクタクタの状態での、家とドラッグストアの二往復はしんどい。徒歩三分でも二往復すれば徒歩十二分、それも最初の三分以外の九分は、大きなオムツを抱えてのウォーキングなのだ。

それでも駿真は、今度はちゃんと鞠子の指示通りのオムツを買ってきて、無事ミッションを終えた。鞠子は毎日育児でクタクタなのだ。撮影が朝から晩まで続く俳優業もなかなかの重労働ではあるが、ここは駿真が折れれば丸く収まるのだと心得ていた。


――と、そんなことばかりだったら、駿真は家に帰るのが嫌になってしまうだろう。

しかし、ちゃんとご褒美もあるのだ。

普段の鞠子の当たりの強さも、ベッドでの癒やしが、すべて吹き飛ばしてくれる。

「ご褒美ちょうだいよ～」

「もう、しょうがないんだから」

ベッドの上で駿真がおねだりすると、必ず甘い声で応じてもらえるのだ。

それから、二人でたっぷり愛し合う。これがあるから駿真は頑張れる。つらいことも我慢できる。毎晩、渋々セックスをしていた時期もあった。でも今ではそんなことはない。体の相性はバッチリだと、今は心から思える。

体にのしかかる幸せな重み。駿真はすっかり虜だ。この夜もすぐに果ててしまった。

「二回目いい？」駿真はすぐにおねだりする。

「もう、好きなんだから」

そんなやりとりもそこそこに、駿真はまた夢中で愛撫を始める。甘いあえぎ声を聞いて、すぐに元気を取り戻す。そしてまた夢中で腰を動かす。――体を重ねる悦びは、何物にも代えがたかった。

明け方のベッドで、鞠子が甘えた声で言った。

「今度のお正月は、三人で実家帰れるかな」

「ああ、そうだな」駿真は笑顔でうなずく。「三人で帰ろう」

24

大晦日。高速道路を、キヨタのグランダで走る。ＣＭに出演している本物の堂城夫妻が乗っていると気付いたら、さぞみんな驚くことだろう。

去年の年末年始は、煌はやっと首がすわったぐらいの時期だったし、駿真はいくつかの生放送のバラエティ番組に呼ばれていたため、正月の帰省はしなかったのだが、今年はちゃんと正月休みを取れた。これは決して仕事が減ったわけではなく、芸能人としてのグレードが上がったということだ。しっかり休みを取れた上で、収入はむしろ増えているのだ。

「やっぱり実家って、いいもんだよな」

サービスエリアで昼食とトイレを済ませ、車に戻ったところで、駿真が鞠子に声をかけた。煌は昼食の途中からおねむで、今は後部座席のチャイルドシートでぐっすり眠っている。

「俺は、両親に愛されて育つことができなくて、安心できる実家っていうのを知らないからさ。鞠子のお父さんとお母さんが、今は本当の親だと思ってる」

「本人たちに言ったら喜ぶと思うよ」

「……面と向かって言うのは、ちょっと照れくさいかな」

そう言って、駿真は鞠子と笑い合った。

「でも、俺に優しい両親を作ってくれてありがとう。鞠子と結婚できたおかげだよ」

「どういたしまして」

にっこり笑った。そして、誰にも見られていないのを確認してから、車の中で鞠子とキスをした。

「ようこそいらっしゃ〜い」

鞠子の実家に着くと、鞠子の両親の武広と秀美が、玄関先で温かく迎えてくれた。

「あら煌君、また大きくなって」

秀美が、駿真に抱っこされた煌を見て、嬉しそうに声を上げた。煌は眠っている。

「そりゃ、小さくなったら大問題だけどな。あっはっは」武広が笑う。

「たしかにそうですね、あははは」

駿真も合わせて笑う。そこで秀美が、靴箱の上に置いてあった色紙を見せてきた。

「そうだ、二人ともサインちょうだい。マサコおばちゃんに頼まれてねえ」

マサコおばちゃんが誰なのかは分からない。山路家での会話の中にはいつも、駿真の全然知らない人物が複数出てくる。それでも駿真は「はい、喜んで」とにっこり笑って、家に上がって煌をそっと畳に寝かせ、暖まったコタツの布団をかけてからサインに応じた。

と、そこで煌が目を覚まし、ぐずり出した。

「ん〜ぎゃあ〜、ん〜ぎゃあ」

「あら煌君、ほら、おばあちゃんだよ〜、久しぶりねえ」

「じいちゃんもこっちにいるぞ～」

秀美と武広が満面の笑みで声をかけたが、残念ながら煌の機嫌は直らなかった。

「ん～ぎゃああああっ」

「ああ、余計泣いちゃった」鞠子が苦笑しながら、煌を抱っこする。「目が覚めたらいつもと違うところにいたから、ビックリしちゃったかな」

その後、しばらくあやしているうちに、煌は泣き止んだ。鞠子が煌を畳に下ろしてやると、煌は興奮気味に両手を振って立ち上がった。

「あら、煌く～ん、もうたっちできるの～。ほら、おいで～」

秀美が煌の前に立って手招きすると、煌はぱっと笑顔になって、秀美に向かってよちよち歩きで進み始める。

「あうっ、お～あ、あ～おあ～っ」

言葉の芽を紡ぎ出し、彼なりの全速力で進む煌の姿に、みんな笑顔になる。

「ああ、おしゃべりしてるねえ」秀美が嬉しそうに言う。

「まだほとんど解読できないけどね」鞠子が笑う。

煌が、何度か転びそうになりながらも、秀美のもとに着く。秀美が「すごいすご～い」と言いながら煌を抱き上げる。煌は「んきゃ～」と嬉しそうに声を発する。鞠子が駿真に目配せする。駿真はすぐ目配せの意図を察し、スマホでその光景を撮影する。

祖母の秀美に抱えられて上機嫌の煌。それを満面の笑みで見守る武広と鞠子。絵に描いたような、幸福な三世代の団欒だ。

それから、煌がじいじとばあばに向かってよちよち歩きをして、抱き上げられて「んきゃ～」と喜ぶ、という遊びを十何回か繰り返し、さらに武広と秀美が買ってくれていた一歳児用の絵本を煌に読んであげたり、煌のオムツを秀美が「久しぶりだわ～」と喜びながら替えてあげたり、微笑ましい時間が過ぎていった。

そのうちに日が暮れると、鞠子が親孝行で取り付けた電動シャッターを、階段下のスイッチですべて閉め、いつもより早めの夕飯を五人で食べる。煌の食後のミルクの後、煌を風呂に入れ、寝かしつける。その後、家族が順番に入浴する。駿真は子供の頃からほとんど経験したことがなかった、三世代の穏やかな年の瀬だ。

「おばあちゃんの家で過ごしたお正月みたいなことを、自分の実家でするって感慨深いね」

鞠子が風呂上がりに、しみじみと言った。

外はもう氷点下だろうが、室内は十分暖かい。年季の入った電気ストーブの上で洗濯物が干されている。冬場はこうしないと洗濯物が乾かないようだ。同じ関東とはいえ、ここ栃木県の山間部には、東京ではまず見ることがないほどの積雪がある。来る道中もスタッドレスタイヤが大活躍だった。

　穏やかな時が流れる居間で、ふいに武広が駿真に声をかけてきた。

「本当にありがとうねえ。鞠子と結婚してくれて」

「あ……いえいえ、こちらこそ」駿真は恐縮して頭を下げる。「僕の方こそ、こんな素敵な家族の一員になれて、本当に幸せです」

　それから駿真は、武広に照れずに伝えた。

「僕は、実の両親から、虐待に近いことをされて育ちました。だから今は、お義父さんとお義母さんが、本当の親だと思ってます」

「嬉しいねえ」

　武広がにっこりとうなずいた。秀美は目頭を押さえた。鞠子は微笑んで駿真を見つめている。行きの車の中で駿真は「面と向かって言うのは照れくさい」なんて言っていたが、結局鞠子と話した通りのことを、駿真は義父母に直接伝えた。

「そうだ。明日、初詣に行こうねえ」

　秀美がふいに思い出したように言った。鞠子もうなずく。

「そうだね、行こう行こう」

「明日、昼間は晴れて暖かくなるみたいだからね」

他愛もない、しかし愛のある家族の、微笑みの絶えない会話。その一員となっている駿真もまた、微笑みを絶やさない。

寝室は二階だ。すでに寝ている煌は駿真が抱っこして、二階に上がる。武広と秀美の寝室は階段を登って右側、駿真と鞠子と煌の寝室は左側だ。

「じゃ、おやすみなさい」

「おやすみ〜」

言葉を交わして、それぞれの寝室へ行く。ちらりと武広と秀美の寝室の中が見えた。和室に敷かれた布団の枕元に年代物のラジカセが置かれていた。何年ぶりに見ただろうか。ラジカセを見るのはもしかするとここが最後かもしれないと、駿真はちらりと思った。

駿真は煌を抱っこしながら、鞠子とともに寝室へ向かう。元々は鞠子の子供部屋だった部屋で、鞠子は元からある自分のベッド、駿真はござの上に敷いた布団、そして煌は、わざわざ武広が買って組み立ててくれたベビーベッドで寝ることになる。エアコンで暖房も効いている。快適な、幸せな空間だ。

煌をそっとベビーベッドに寝かせる。幸い、起きてしまうこともなく、そのままぐっすり眠り続けてくれた。

「じゃ、おやすみ」

駿真と鞠子はキスを交わし、それぞれ床に就く。

「明日、初詣行こうね」

斜め上のベッドからの鞠子の声に、駿真も「うん」と優しく返す。

それから十分ほどで、三人分のいびきが聞こえてきた。傍らのベッドで寝る鞠子も、向こうの寝室で寝る武広も秀美も、寝付きは非常にいいし、太っているせいか、みな大きないびきをかく。煌もこのまま育てば、大きないびきをかくようになるのだろうか。

まあ、そんな日は来ないのだが。

全員が寝静まったのを確認してから、駿真はそっと布団から出る。そのまま音を立てずにドアを開けてすぐ閉め、忍び足で廊下を歩き、階段を下りる。

夕食後の歯磨きの時に、駿真はこっそりカフェインの錠剤を飲んでいる。だから今も全然眠くない。

さて、ついに終わるのだ。この茶番の日々が――。

鞠子に脅迫されて結婚させられ、煌まで生まれてしまい、このまま一生鞠子と添い遂げるしかないのか、鞠子以外の女を抱くことは許されないのかと、駿真があきらめと絶望の境地にいた頃、冬川理沙が大麻所持で逮捕された。

理沙は所属事務所を解雇され、ＣＭの違約金が発生したという報道も流れた。その後、駿真の家にも警察のガサ入れが来た時は焦ったものの、大麻はとっくにやめていたからバレることはなかった。堂城家の生活は安泰で、理沙は人生の大ピンチに陥っていた。

そんな状況で駿真は、これを利用できるのではないかとひらめいたのだ。

理沙の人生の危機に乗じて、愛人関係を結べるのではないかと——。

愛妻家キャラで再ブレイクした堂城駿真の愛人になるなんて、本来の冬川理沙にとってはあまりにもリスクが大きすぎる行動だろう。しかし、事実上の芸能界引退に追い込まれた上に、ＣＭの違約金まで発生してしまった今の理沙なら、応じてくれるのではないか。そして駿真の絶望も解消されるのではないか——。そう考えたのだった。

理沙の保釈後、駿真は鞠子に気付かれないように、普段あまり使わないメールで理沙と連絡を取り、念のためすぐメールは削除した上で、かつて肉体関係を持っていた頃以来、久しぶりに理沙のマンションの部屋を訪れた。もちろん写真週刊誌などの追跡は最大限に警戒したが、さすがに一度だけの訪問では、そうバレることはない。

「調子はどうだ」

マンションの部屋に入ってまず駿真が尋ねると、理沙は苦笑しながら答えた。

「最悪だよ。マジでこれからどうなるんだろうね。まあ自業自得なんだけどさ」

「こう言っちゃなんだけど、金に困ってるよな？」

「まあね」

「正直、俺には今、金がある。知っての通り、鞠子と結婚して再ブレイクしたからだ。ただ、実はあれには理由があって……」

　それから駿真は、誰にも言っていなかった秘密を、一気に理沙に打ち明けた。大麻を吸った夜にひき逃げしてしまったこと、その様子を撮影していた鞠子に脅迫され結婚を強いられたこと。――理沙も当然、その話を聞いて何度も「マジで？」と声を上げて驚いていた。

　洗いざらい打ち明けた後、駿真は本題に入った。

「俺は今も、本気で愛せるのは理沙だけだ。鞠子のことなんて、本当はこれっぽっちも愛してない。だから、俺の愛人になってほしい。愛人っていっても、前と同じようにしてくれたらいい。まあ、一緒に大麻をやるのはもうやめた方がいいけど……。とにかく、今後も俺と会ってくれたら、ちゃんと金を渡して、生活できるようにするから」

　すると理沙は、金銭的に切迫していたという事情も大きかっただろうが、しばし考えてから、駿真の求めに応じてくれた。

「うん、分かった。じゃ、駿真の愛人になる」

「本当か、ありがとう！」駿真は勢いに任せて言った。「じゃ、さっそくいいか？」

「え、いきなり？」

「二人でシャワー浴びて、さあ」

なだれ込むようにして、理沙と久々のセックスをした。それはもう、最高のセックスだった。結婚させられて以来、鞠子という豚で我慢していたから、なおさら理沙のありがたみが分かった。三十歳を過ぎても十分美しい顔と体。誰もが羨む美人女優を抱く。これこそが男の生きがいだと、駿真は改めて痛感した。理沙のような美女なら、これからもずっと愛し続けられる。毎晩抱ける。どうにか自分を奮い立たせて抱かなければいけない鞠子とは大違いだった。それから一時間余りの間に、一気に三回もさせてもらった。


その後、駿真は理沙との約束通り、理沙の口座に二百万円を振り込んでやった。これから理沙を愛人にした夢の生活が始まるのだ。まあ週刊誌には警戒しなければいけないが、理沙とは役者仲間ではあったのだから、もし部屋を訪れたところを撮られても「役者仲間として今後について話してた」とか言えば、不倫していたという確証まではつかまれないはずだ。鞠子にもそう言い訳すればいい。――なんて思っていたのだが、その計画が杜撰すぎたことを、駿真はすぐ痛感させられた。

堂城家の普段の生活費は、駿真が長年使っている口座から引き落とされるクレジットカードやスマホ決済を、鞠子にも使わせていた。現金は、家と駿真の財布にだいたい十万円ずつ常備して、足りなくなったら駿真がコンビニのＡＴＭで引き出していたが、キャッシュレス化が進んだ最近は使う機会も減っていた。また、堂城家の貯金は月数百万円という超ハイペースで積み上がるばかりだった。

つまり、鞠子が駿真の通帳やカードを目にする機会はほぼないし、そんなものは気にしなくても生活に困ることはない。だから、鞠子は堂城家の預金残高をいちいちチェックしていないと思っていたし、理沙への二百万円の送金も気付かれないだろうと思っていた。

今にして思えば、あまりに無警戒すぎた。鞠子が自らのスマホで勝手にネットバンキングの手続きをしていたことすら、駿真は知らなかったのだ。

「ねえ、これ、どういうこと？」

鞠子に問い詰められた時、駿真は血の気が引いた。送金先が「フユカワリサ」になっている二百万円の送金記録を、鞠子のスマホで見られてしまったのだ。

そこで駿真は、とっさに嘘をついた。

「実は……冬川理沙に、脅迫されたんだ」

すると、鞠子から当然の疑問が返ってきた。

「脅迫って、なんで脅迫されたの？」

そこから瞬時に矛盾のない嘘を作り上げることなど、駿真には到底できず、理沙との過去の関係を正直に話してしまった。かつて理沙と肉体関係を持っていたこと。理沙に勧められて大麻を覚え、長らく常用していたこと。あのひき逃げも、大麻の使用直後だったため警察を呼ぶわけにはいかず、逃げるしかなかったこと。さすがに理沙はあのひき逃げのことは知らないが、駿真が大麻を吸っていた過去は知っているので、それをネタに脅されたこと――。

最後の脅迫に関する部分以外はほぼ事実の、駿真の告白を聞いて、鞠子は当然ながら大いに驚いた様子だった。

だが、それでも鞠子は、的確な質問を投げかけてきた。

「で、冬川理沙にはどうやって脅されたの？　ＬＩＮＥとかメールとかで？」

「あ、いや……」

ここでまた、駿真は頭をフル回転させて嘘を考えた。ＬＩＮＥやメールだと、今から偽造しても受信時刻を過去にすることはできないから、簡単に嘘だとバレてしまう。となると、昔ながらの手紙にするしかないか――ぐらいのことを考えた時点で、これ以上黙っていたら不自然なぐらいの間が空いてしまっていたので、もう答えるしかなかった。

「脅迫状を、手紙で渡されたんだ」

駿真の口から出まかせの答えに、すぐ鞠子がまた疑問をぶつけてきた。

「手紙って、うちのポストに？」

「いや……テレビ局を出たところで、あいつが待ち伏せしてて」

「その手紙、今どこにあるの？」

「あれ……どこにやったっけ。捨てちゃったかな」駿真はとぼけた。

「それを警察に持って行けば、脅迫罪とか、恐喝罪とか、そういうので捕まえてもらえるんじゃないの？」

「あ、ああ……うん、探してみる」

駿真は口から出まかせの嘘を連発した。それに対する鞠子の口ぶりや顔つきを見るに、駿真のことを若干疑っているようにも思えた。そこで駿真は、嘘の上塗りをするために、実際に脅迫状を偽造することにした。

翌日。駿真はテレビ局の駐車場に停めた車内で、理沙に電話をかけて事情をすべて説明し、もちろん発信履歴は鞠子に見られないように消去した上で、また理沙の部屋を訪れて、文面を駿真が指示しながら、理沙の直筆で脅迫状を書いてもらった。その紙を一回丸めてから持ち帰り、「これが冬川理沙からの脅迫状だ。これをテレビ局の前で渡されて、誰にも見られちゃいけないと思って、一回丸めて捨てたんだ」と鞠子に見せた。

『私があなたのこと週刊誌とかにしゃべったら終わりだよね。それが嫌ならお金ちょうだい。いっぱいもらってるのは知ってるから笑』

その文の後に、理沙の銀行の口座番号など、振り込みに必要な情報も書かれた現物を目にして、鞠子は信憑性を感じたようだった。駿真にとっては、ここから鞠子を説き伏せられるかが最大の勝負所だった。

「ひき逃げの直後、俺は大麻を全部捨てたし、それ以来一度もやってない。この前、警察がガサ入れに来たのは、大麻を売ってたバーの誰かが捕まって、俺のことを吐いたんだろうと思ってたけど、やっぱり冬川理沙に売られたのかもしれない――」

それから、理沙は本気で駿真を週刊誌に売る可能性が高いということを鞠子に説明し、さらに痛切な表情を作って言った。

「あいつは今後も、俺から金をむしり取るつもりらしい。テレビ局の前で俺を待ち伏せて、この脅迫状を渡してきた時、今回だけで終わらせるつもりはないって言ってた。悔しいけど、これからも理沙に金を振り込むしかないと思う。金で済むなら、俺たちにとってはまだダメージが少ないだろうから」

駿真は、どうにか練り上げた嘘で鞠子を騙しながら、心の中ではほくそ笑んでいた。送金がバレた時は慌てたけど、これで鞠子も公認のもと、理沙に金を払い続けられる。もし理沙と会っていることまで鞠子にバレたら『それも脅迫のうち』とか言えばいい。あとは週刊誌に気を付けて理沙に会って、抱いて抱いて抱きまくろう。

——なんて思っていたら、鞠子がとんでもない提案をしてきたのだ。

「冬川理沙を殺しちゃうこと、できないかな」

駿真は驚いた。もちろん反対しようとした。だが鞠子の決意は固かった。冬川理沙は家族仲が悪くて友達もいないから、行方不明になっても通報されないとか、鞠子の実家の農薬を使えば毒殺できるとか、どんどん計画を立ててしまった。

理沙を殺すなんてできるはずがない。鞠子の方がよっぽど殺したい。——そんな駿真だったが、そこでまたひらめいた。

こうなったら、鞠子の殺意を利用してやろう。

理沙を殺したふりをして鞠子を騙し切り、理沙には今まで通り生活してもらうのだ。この作戦が成功すれば、鞠子は理沙が死んだと思い込んでいるわけだから、今後は駿真と理沙の愛人関係がバレることもなくなる。要は、鞠子に対してだけ、理沙を殺したように見せかければいいのだ。もちろん、それなら殺人罪に問われることもない。

最悪、途中で鞠子にバレてしまっても、「やっぱり殺人はよくないと思ったから、理沙を殺した芝居をするつもりだったんだ」とか言い訳ができると思った。さすがにそうなったら、ぽどました。

理沙との本当の関係もバレてしまう可能性が高いけど、殺人罪を背負ってしまうよりはよっ

鞠子はどんどん計画を組み立てていった。金を渡すと言って理沙を誘い出し、部屋で農薬入りのコーヒーを飲ませ、死体を埋める。――その計画のために、実家に帰って農薬を持ち出し、死体を埋めるのに適した場所もリサーチし、道具も準備していた。

鞠子の「理沙殺害計画」が固まりつつあったところで、駿真は理沙に「理沙殺害偽装計画」を実行するしかないようだと伝えた。もちろん理沙は「え〜、なんかすごいことになってきたけど大丈夫?」と驚いていたけど、最終的には「まあ、そうするしかないんだったら」と承諾してくれた。結局、理沙にとっても他に収入のあてがなかったので、従うしかなかったのだろう。その後、鞠子に見せるためのＬＩＮＥのやりとりも、脅迫状を書いてもらったのと同様、理沙に文面を指示して送ってもらった。

こうして、駿真は今後の人生をかけて「理沙殺害偽装計画」を進めていったのだった。

そして迎えた本番。

結論から言えば、「理沙殺害偽装計画」は大成功した。

理沙の演技力をもってすれば、迫真の演技で鞠子を騙すなんて簡単なことだった。駿真も、

また、本当に理沙に脅迫されていて、これから理沙を殺すのだという役柄にしっかり没入し、その役柄になりきって思考し行動した。奥のクローゼットに隠れる鞠子を観客として、一世一代の大芝居を演じたのだった。

まずあの日、理沙が来る前に、鞠子が実家から調達してきた農薬を、コーヒーカップに入れて準備しておいた。しかし、鞠子がウォークインクローゼットに隠れ、理沙を招き入れた後で、その農薬は流しに捨て、別のカップで普通のコーヒーを作った。あの農薬が下水に流れ込んだ末に目黒川の魚でも死んでいたら、魚たちに謝らなくてはならないだろう。

その後、理沙が普通のコーヒーを飲み、迫真の演技で苦しみ出した。さらに奥の寝室で煌が泣き出したのを聞いた理沙は、仕返しに煌に危害を加えようと、寝室の戸を開けた――。ここまでの一連の芝居は、理沙のマンションで駿真とともに何度も稽古していた。煌が泣こうが泣くまいが、理沙は寝室の戸を開けることになっていたのだが、煌は隣室の理沙のただならぬ声を聞き、ベストのタイミングで泣いてくれた。

理沙が寝室の戸を開けると、案の定、鞠子がウォークインクローゼットから出てきて、理沙の迫真の演技を目の当たりにした。毒で苦しみながらもベビーベッドの煌に迫ろうとする理沙を、駿真が制止し、首をロープで絞めてとどめを刺す。その修羅場を鞠子にまざまざと見せつける。すべて狙い通りだった。――もし、ここまでしても煌が寝たままだったら、揉み合いの末にベビーベッドにぶつかって煌を起こして泣かせる予定だったのだが、煌はすでに大泣きしていたので「いったん煌を連れ出せ！　いつものエレベーターだ。一階まで下りてしばらく散歩してきてくれ」と鞠子に告げればよかった。

鞠子は、駿真の指示通り、煌を連れて玄関から出て行った。

ここからがいよいよ、この計画の最大の仕掛けだった――。

玄関のドアが閉まり、煌の泣き声が遠ざかっていったのを聞いたところで、理沙はさっと立ち上がり「オッケー？」「ああ、さすがの名演技だ」と駿真と小声で笑い合い、すぐ次の行動に移った。

駿真が衣装部屋へ行って、かつて地方ロケ用に買った、鍵付きのスーツケースを持ってリビングに戻る。そのスーツケースはずしりと重い。

一方、理沙は、持参した大きめのトートバッグに入れていた、自分が着ているのとまったく同じ服を取り出す。

そして駿真が、スーツケースから取り出した分解型ラブドールを組み立てる。その顔は理沙そっくりで、首にはロープで絞めたような赤紫色の痕がついている。

――話は、その数週間前にさかのぼる。

かつて『夜の猥ドショー』という番組のレポーターとしてロケに行った、「好きなアイドルでも職場の同僚でも、顔と全身の写真をいただければオーダーメイドでその女性そっくりのラブドールを作れます」という宣伝文句を掲げるラブドール工房。その店主は、プライベートで久々に訪れた駿真のことを、ちゃんと覚えてくれていた。

「ああ、堂城さん、お久しぶりです！　おかげさまで、あの番組で紹介してもらってから、売り上げが伸びましたよ」

店主は、入店した駿真を見るや、相変わらず禿げた頭の側頭部の長髪をなびかせながら、笑顔で声をかけてきた。

駿真は、店内に他の客がいないのを確認してから、店主に注文した。

「実は、女優の冬川理沙そっくりのラブドールを作ってほしいんです」

それから駿真は、自ら考えたシナリオ通りに語った。

「ここだけの話、昔ちょっと冬川理沙と付き合ってた時期があったんです。で、最近は鞠子との夜の生活もマンネリ化してまして、やっぱり理沙みたいな美人とのHもよかったなって、どうしても時々思っちゃうんです。――あ、これは絶対内緒にしてほしいんですけど」

「ええ、もちろん、うちはお客様の秘密は厳守しております」店主はにやりと笑ってうなずいた。「各界の有名人のお客様も何人かいらっしゃいますが、今まで一切、情報漏洩（ろうえい）は起きておりません」

この店主は、かつてロケで訪れた時には社会不適合者だとしか思えなかったが、この時は頼れる一流の仕事師に見えた。駿真は「ありがとうございます」と頭を下げてから、さらに注文の詳細を語った。

「顔も身長も、冬川理沙と同じにしてほしいんです」

「了解です。プロフィールを調べて、本人と寸分変わらぬドールを作りましょう」

「あと、もしできたら、冬川理沙の顔を、目を半開きにして、ちょっと嫌がってるような表情にしてもらえませんか。……正直、そっちの方が興奮するんです」

駿真のリクエストに、店主はまたにやりと笑った。

「承知いたしました。そんなお客様も時々いらっしゃるんですよ、いひひひ」

そんな客が時々いらっしゃるのかよ——と心の中でつっこみながら、駿真はリクエストが通ったことに安堵した。

「ところで、奥さんに見つかるわけにはいかないでしょうから、隠しやすい分解型の方がいいですかね？」店主が提案してきた。

「分解型？」駿真は聞き返した。

「ええ、分解できるタイプのラブドールもあるんですよ——」

そこから店主は、丁寧に説明してくれた。分解型ラブドールというのは、頭部、胴体、四肢に分解できて、一般的なスーツケースなどに入れて持ち運びできるとのことだった。

「まあ分解型だと、境目が見えるから萎えちゃうっていうお客様もいるんですけど」

店主はデメリットも述べたが、ラブドール本来の用途で使うわけではないし、境目は服で隠れる位置なので全然問題なかった。むしろ保管場所に困らないので好都合だ。

「なるほど、じゃ分解型にしてください」駿真は即決した。

代金は二十万円余り。手持ちの現金で足りなかった分はＡＴＭで引き出して支払った。もし鞠子に気付かれて使い道を聞かれたら「現金しか使えない店で大勢の後輩役者に奢った」とでも言い訳するつもりだったが、その程度の金額では何も言われなかった。

後日、駿真は、以前地方ロケに行く時のために買ったスーツケースを持って、注文したラブドールを引き取りに行った。完成品のラブドールは本当に冬川理沙そっくりで「ちょっと嫌がってるような表情」とリクエストした顔も、毒で苦しんだ死体の表情としてちょうどよかった。そのラブドールを分解してスーツケースに入れて車に積み、車の中でさらに細工を施した。

まず、ラブドールの重さは三十キロ弱。さすがに成人女性にしては軽すぎるので、鞠子と二人で運ぶ際に怪しまれる恐れがあった。そこで、ラブドールの胴体部分をカッターで切り開き、中に七キロのダンベルを二つ入れ、ゴトゴト動かないようにガムテープで厳重に留めた。大麻をやめた直後に酒とおつまみで太りかけた頃以来、長らく使っていなかった筋トレグッズのダンベルを、まさかこんな用途で使うことになるとは思わなかった。

また、首を絞めた痕に見せかけるため、理沙からもらった口紅で、赤紫色の痕を描いた。本物の絞殺体の絞め痕がこんな色なのかは分からないが、鞠子を騙せれば十分だった。

理沙殺害計画の期日が迫る中、駿真はそのラブドール入りのスーツケースを持参して、仕事帰りに理沙の部屋を三度訪れた。本当なら愛人の理沙とたっぷりセックスしたいところだったが、それ以上にやらなければいけないことがあった。駿真が理沙を殺す芝居の稽古と、その後ラブドールを二人で組み立てて服を着せる稽古だ。

芝居の方は、理沙の演技力をもってすればすぐに仕上がったが、ラブドールの組み立ては、当然ながら二人ともド素人だったので、というかラブドール組み立てのプロなんてたぶんいないので、少しでも速くできるよう訓練を重ねた。試行錯誤の末、駿真が大急ぎでドールを組み立てている間に、理沙がドールに着せる服を広げておくという分業がベストだと分かり、最終的に「理沙の偽死体」を二分台で完成できるようになった。

——そして迎えた本番。

「いったん煌を連れ出せ！　いつものエレベーターだ。一階まで下りてしばらく散歩してきてくれ」

駿真が、迫真の演技で苦しむ理沙の首に巻き付けたロープを、全力で引っ張るふりをしながら鞠子に指示を出すと、鞠子は指示通りに煌を連れ出した。

堂城家からエレベーターで一階まで下り、少し歩いてまた戻ってきた場合、どんなに急いでも三分以上かかるはずだということは、駿真は密かに実験して確かめていた。実際この時、鞠子が煌を抱っこして部屋に戻ってくるまでに十分ほどかかったので、理沙の偽死体を完成させ、本物の理沙が寝室のウォークインクローゼットに隠れるのに、たっぷり余裕があった。

こうして、作戦の山場も無事に成功した。部屋に戻った鞠子は、まさかさっきまで自分が隠れていた場所に、本物の理沙が隠れているなんて思わなかっただろう。理沙そっくりの顔が苦しげに歪んだ、首に赤紫色の絞め痕の付いたラブドールを、ビニールシートで包みながら鞠子にも見せたことで、それが偽死体だと疑われることは一切なかった。

とはいえ、実はあの偽死体ではバレてもおかしくなかったのだと、駿真はのちに知った。後から調べたら、本物の絞殺死体というのは、顔が鬱血(うっけつ)して赤黒くなるらしい。たぶん見る人が見たら、表情が歪んだだけで鬱血などしていない理沙の死に顔を見た時点で、こんな絞殺死体があるわけがないとバレてしまったのだろう。でも、あの状況で鞠子にそこまで気付かれることはなく、無事に切り抜けられたのだった。

あとは、駿真と鞠子が煌を連れ、偽死体を遺棄すべく出かけた後で、理沙が悠々と堂城家を出て、自宅に帰ればいいだけだった。要するにこの日、駿真たちはビニールシートに包んだラブドールを、わざわざ何十キロも離れた森の中に埋めに行っただけだったのだ。駿真と鞠子の犯した罪は、殺人と死体遺棄ではなく、ただの不法投棄にすぎなかったのだ。凶悪犯罪のふりをして軽犯罪を犯す、まるで長尺のコントのような時間だった。

冬川理沙の殺害偽装は成功し、見事に鞠子を騙し切ることができた。

夫婦で殺人を犯したことになってから、元々一方的に脅されて結婚した関係が変化して、夫婦が対等になって、不思議と連帯感が生まれた――ような面はたしかにあったが、だからって駿真が鞠子を愛するようになるはずがなかった。鞠子に対してはそんなふりをしていたが、あんなのは全部芝居だった。家での鞠子との会話も弾むようになったが、あれはむしろ、理沙が本当は生きていて愛人にしているなんてことがバレないように、意図的に明るく振舞っていたのだ。実は、夫が家で急に明るくなるというのは、浮気のシグナルの一つとして数えられるらしいのだが、さすがに浮気相手を夫婦で殺したように見せかけるなんてケースは前代未聞だから、鞠子に見抜かれることはなかった。

また、理沙の殺害偽装に成功したからって、万事解決というわけではなかった。理沙の口座に入金して鞠子にバレた二百万円は一応残っていたので、理沙の当面の生活は維持できそうだったが、それを使い切ってしまってからは、もう駿真から金を振り込めないのだ。理沙が事実上の無職である以上、理沙のマンションの二十万円弱の家賃を払い続けていたら、金はそう長くは続かない。さらに、駿真が理沙のマンションに通い続けていたら、いずれ週刊誌にバレる危険があることも課題だった。

仮に駿真と理沙の不倫疑惑が週刊誌にスクープされたとして、二人で外を出歩く写真でも撮られなければ「役者仲間として部屋に行っていただけ」と、マスコミに対しては弁解する余地もある。ただ、鞠子に対してはそうはいかない。鞠子に対してだけは、理沙の殺害を偽装したという、特大の嘘がバレることになるのだ。それはなんとしても避けるべく、駿真は打開策を考えた。

そしてひらめいた。理沙を愛人として囲い続けるにあたっての課題を、一気にすべて解決する方法を――。

堂城家のマンションを買って、同じマンションの棟内に理沙も住ませてしまえばいいのだ。

マンション購入の際には多額の金を動かすことになる。このどさくさに紛れれば、理沙に部屋を与えるための金を確保できるのではないかと駿真は考えた。折しもその頃、金が貯まってきたから賃貸をやめて持ち家を買おう、と鞠子が口にするようになっていた。

家族で住める部屋があるマンションの同じ棟内に、理沙が一人で住めるぐらいの部屋があり、もちろん各戸の玄関が外から見えない。――駿真はそんな物件に当たりを付けた。愛人の理沙を、オートロックの同じマンション内に住ませてしまえば、さすがに週刊誌に撮られる心配はなくなる。そして理沙の方も、今まで発生していた家賃がなくなれば喜ぶに決まっている。これで完全に、理沙を愛人として囲えるという算段だった。

鞠子は当初、一戸建てを希望していたが、駿真は「芸能人としてセキュリティのしっかりした家を建てるには今の貯金でも足りない」とか「アモーレプロダクション所属じゃ一戸建てのローンは厳しい」とか、あらゆるマイナス要素を多少誇張して挙げ、鞠子をマンションに翻意させた。その後、条件に合ったマンションを見つけ、鞠子に真意を疑われることなく、まんまと購入。最上階の堂城家の部屋の購入と同時に、三階の理沙の一人暮らし用の部屋も、理沙自身に賃貸契約させた。

それを実行するための金は、「マンション購入のために、穿かせるオムツ・メリーマンのCMギャラを、新しい口座に振り込んでくれないか」と田渕マネージャーに頼んで、鞠子に内緒で作った口座に振り込ませた。その口座は、堂城駿真名義ではあったが、通帳とカードを理沙に渡して、暗証番号も理沙の誕生日にしてあった。

仕事によってギャラが入る時期がバラバラというのは芸能界の常識だし、多忙な駿真のすべての仕事と入金を照らし合わせるなんて手間がかかりすぎる。さすがに鞠子もそこまではしていない。そもそも前回の理沙への送金がバレたのは、鞠子にネットバンキングの手続をされているとも知らず、駿真が堂々と理沙に送金してしまったという間抜けな原因だったので、そんなヘマさえしなければ、鞠子を欺くのはそう難しいことではなかったのだ。

理沙を住ませているのは、最上階の堂城家の約四分の一の広さの、家賃十六万円台の部屋だ。一年借りるのに二百万円弱、プラス生活費を月十万円渡すと、愛人代は年三百万円ほど。贅沢で派手好きな愛人なら、この程度の手当じゃ文句を言ってくるだろうが、理沙は元々質素なインドア派で、ブランドやファッションにも全然興味がない。大麻をやめて何にお金を使えばいいか分からず、十万円の生活費も貯金していると言っていたぐらいだ。だから愛人として囲うのに、穿かせるオムツ・メリーマンのCMの、もろもろ引かれて手取り八百万円台後半のギャラで十分だった。これで理沙は、今の生活を三年近く続けられる。三年あればいずれまた、何かしらの方法で鞠子の目を盗み、理沙のための金を捻出できるだろう。

同じマンション内に理沙を囲う生活は最高だった。週刊誌など一切恐れず、会いたい時に気軽に会い、もちろんセックスできる。仕事でも家庭でも疲れた駿真が「ご褒美ちょうだいよ〜」なんておねだりすると、理沙は「もう、しょうがないんだから」と微笑んで、甘い甘いセックスに応じてくれる。世の男がみな羨むような美人の元女優、冬川理沙。完璧な愛人としか言いようがなかった。そもそも理沙とは、元々セックスフレンドだったこともあり、体の相性がバッチリだ。理沙が上になった時にのしかかってくる程よい重みも最高だ。上に乗られたら骨盤や大腿骨が無事では済まない鞠子とは大違いだ。

今では駿真は、鞠子とは完全にセックスレスだ。当たり前だ。欲望が奥底から満たされる理沙とのセックスを取り戻してしまってからは、無理矢理射精するだけの苦行に戻れるはずがない。結局、駿真の人生観は、鞠子と結婚させられる前から何も変わっていない。男の生きる目的は、美人とセックスをすること。ただそれに尽きるのだ。

そういえば一度、理沙とのセックスの後で聞かれたことがあった。

「もし、奥さんの見た目が私そっくりだったら、ひき逃げしたのを撮られて、脅されて結婚したとしても愛せてた？」

駿真は即答した。

「そりゃ最高だろ。逆にこっちからプロポーズしてたかもしれないよ」

そうだったらどんなによかっただろう——なんて考えても意味はない。鞠子と結婚させられてしまった現実と折り合いを付けるため、理沙を愛人にしたのだ。これが堂城駿真という男の生き様だ。

理沙が鞠子と鉢合わせしないように、鞠子の生活のタイムスケジュールは理沙に伝えておいた。そもそも理沙は夜型の人間で、子育て中で早寝早起きの鞠子と生活サイクルはかち合わない。鞠子は夕方以降はまず外出しないから、その時間なら理沙が外に出ても大丈夫だし、元々理沙はそういう生活をしていた。小規模なマンションならまだしも、大規模なマンションで鉢合わせなんてまず起こらず、それで問題なさそうだった。

しかし、やがて駿真に、欲が芽生えてしまった。

その欲は、時が経つごとにどんどん大きくなっていった。

やっぱり、本当に愛しているのは理沙だ。鞠子と生涯一緒に暮らすなんて耐えられない。理沙と新しい人生を始めたい。

鞠子との生活は、もう終わりにしたい――。

駿真の心の中にずっとくすぶり続けていた思いだった。鞠子への恨みつらみは、特に引っ越しの後から、日ごとに増していった。

帰宅途中に買う物がないか、ＬＩＮＥをチェックしなければいけない。オムツを買って帰れというＬＩＮＥに気付かずに帰宅してしまったら、また買いに戻らなければいけない。その際に普段と違うオムツを買ってしまったら、また店に戻って交換してもらわなければいけない。――あんな理不尽なルールまで決まってしまった。しかも、あの命令をしてきた時、鞠子は顔のパックをしていた。今思い出しても腹が立つ。お前の分厚い面の皮をパックする意味は何だ。豚革をきれいにして財布でも作るつもりか？

そんなストレスを、理沙とのセックスで解消する日々を送ってきた。鞠子との生活はストレスが溜まるばかり。それを理沙の部屋へ行って解消する。――それを繰り返しているうちに、駿真はごく当たり前のことに気付いた。

ストレスの原因なんて、ない方がいいに決まっている。

本当に愛しているのは理沙なのだから、理沙と二人で暮らせばいいのだ。

でも、俳優・堂城駿真の現状を考えると、鞠子との離婚は許されない。

だから、こうするしかなかったのだ――。

恐怖が湧いてくることも想定していたが、実際はわくわくする気持ちの方がはるかに大きかった。普通だったら、こんなことは頭の片隅で考えはしても、さすがに実行まではしないのかもしれない。

でも、山路家の好条件に気付いてしまった以上、実行しない手はなかった。

まず、寝室が二階であること。

二階の窓の外の電動シャッターは、階段の下のスイッチ一つで開けられる——というのは便利なようだが、階段を下りてスイッチを押さないと開けられないという弱点もあること。つまり、もしシャッターが閉じたまま階段を下りられない状況になったら、もう二階の窓から飛び降りるという選択肢もなくなること。

そして、冬は特に寒冷な地域ゆえ、毎晩一階のストーブの上で洗濯物が干してあること。もはやそれが冬の日常風景で、火災の危険があるという感覚も、この家族の間では麻痺している様子であること。

ストーブの上で洗濯物を干し、乾いた洗濯物がストーブの上に落ち、引火して出火——。そんな火災は、消防庁や消費者庁がどんなに注意喚起しても、毎年冬に必ず多数起きているという。この山路家の状況なら、そんなありきたりな火災を偽装できるのだ。

今夜、すべてを終わらせる。失火に見せかけて山路家に火をつけ、鞠子、武広、秀美、煌を皆殺しにする。そして理沙と一緒になる。もちろん、家族を失ってから理沙と再婚するまでの間は、何年も空けなければいけない。すぐ再婚してしまっては世間の反感を買うのはもちろん、火災の事件性も疑われかねないだろう。でも、それさえ気を付ければ、駿真はようやく幸福で満たされた人生を送れるのだ。

また、赤ん坊の煌を助けず、駿真だけ脱出したとなると、これまた非難を浴びかねない。だから煌だけは、助けようとしたことにする。といっても、こっそり二階の寝室から一階の火元近くに運んで、床に放置するだけだ。煙に巻かれ、なんとか煌を抱いて逃げようとしたが途中で落としてしまい、手探りで必死に探したものの見つからず、泣く泣く自分だけ外に出た——という作り話を、火災後に報道陣の前で号泣しながら披露してやればいい。

駿真は今日に至るまで、鞠子を本気で愛するようになり、鞠子の両親も本気で慕うようになった——ような芝居をしてやった。奴らはすっかり騙されていた。まったく愚かな豚どもだ。脅迫者の鞠子を本気で愛するわけがない。あの豚と同じ空間で同じ空気を吸っていることは、ずっと苦痛でしかなかった。簡単に騙されやがって、この馬鹿豚が！　馬鹿豚って、草食動物が三種類も入ってるな。お前らは肉ばっかり食ってるからそんなに太ってるのにな！　皮肉なもんだな！

馬鹿豚家族をこの家ごと焼き殺せば、保険金はたんまり下りる。夫婦でＣＭに出たアルサック生命の保険に入っているので、鞠子の死亡保険金が一億五千万円下りる。さらに貯金も十分あるし、マンションも買ってある。仕事の方も、バラエティにはさすがに呼ばれなくなるだろうが、俳優は細々とは続けられるだろうから、その収入も一応は計算できる。実際、家族を悲劇的な形で亡くした後も仕事を続けている先輩俳優は何人かいる。それだけの金があれば、家族を火災で失った悲劇的なイメージが強すぎて、一時的に仕事が激減したとしても、きっと理沙とともに第二の人生を歩んでいけるだろう。

今日をもって、長かった地獄が、ようやく終わりを迎えるのだ。理沙にこの計画を話した時は、さすがに驚かれて「ちょっと考えさせて」と言われてしまったが、最終的には「でもしょうがないか。そうしないと私たち、一緒になれないもんね」と返事をしてくれた。「どうせ私も、どん底まで落ちた人生なんだから、駿真について行くよ」とも言ってくれた。

鞠子、武広、秀美。お前たちは一瞬の例外もなく、ずっと鬱陶しかった。死んでせいせいする。殺すことに何の罪悪感も覚えない。

煌。お前に関しては何の罪もないのに殺されて、気の毒でならない。心から同情する。だが、お前の小さな肺は、煙を吸ってすぐ酸素を取り込めなくなって、大人より早く気絶できるらしい。せめて苦しまずに死んでくれ。

理沙、ようやく一緒になれるぞ。しばらくは悲しんでるふりをしなきゃいけないけど、それが終わったら、一生一緒に暮らそう。

もうすぐ死ぬことになる山路家の面々の大きないびきが、ぐうぐうと、二階からずっと聞こえている。よく聞くと、三種類の「ぐうぐう」がちゃんと交じっている。間違いなく三人分のいびきだ。

駿真は、耳をすませてそれを確かめた後、いよいよ決意を固め、ストーブの上に干してあったタオルを一本、ストーブの上に落とした。

すでに乾いていたタオルから、思いのほか早く煙が上がる。しばらくして、いよいよ炎が出た——その時だった。

背後に気配を感じた。次の瞬間、何かが首に巻きついた。

「いやあ、残念だ。本当にやっちゃうとはなあ」

後ろから聞こえたのは、武広の声だった。振り向こうとしても、もう首ががっちり固められて動かなかった。首に巻きついたのが武広の太い腕だと分かるのに、数秒を要した。駿真は慌てて振りほどこうとしたが、ますます首が絞まるばかりだった。

「せめて思いとどまってくれればと思って、ゆうべもあったかい言葉をかけてみて、駿真君も『こんな素敵な家族の一員になれて幸せです』なんて言ってくれたのに、あれ嘘だったんだもんなあ。失望したよ。死んでくれ」

つまらない冗談を言う時と同じような口調で、武広は言った。そしてさらに首が絞まった。

呼吸が完全に止まり、駿真はパニックに陥った。

「絞め技なら解剖されても分からないらしい。お前は火事で逃げ遅れたことになる」

「夫婦で入った保険もちゃんと下りるしね。今までの貯金と合わせれば暮らしていけるから、もう大丈夫」

鞠子の声も背後から聞こえた。

ただ、一方で、いびきの音もずっと聞こえている。いったいなぜだ――と考えて、駿真ははっと気付いた。

武広と秀美の寝室の枕元には、ラジカセがあった。きっと、いびきの音をあらかじめ録音して、ずっと再生しているのだ。あっちはそこまで準備していたのだ――。駿真は首を絞められながら悟った。

くそっ、返り討ちにされてたまるか！　なんとか抵抗しなければいけない。せめて腕をひっかいて抵抗してやろう……と思ったのも束の間、分厚い冬服の上からひっかいても効果はなく、傷など付けられそうになかった。これでは犯行の証拠も残せない。

抵抗らしい抵抗は何もできないまま、体から力が抜けていった。生まれて初めてかけられる柔道の絞め技は、こんなにも強力なのかと、駿真は身をもって実感した。

「駿真、今までありがとう。あなたと結婚できて幸せだった。でも、煌まで殺そうしたのは絶対許せない。今はもうあなたが大嫌い。だから死んでもらいます」

鞠子からの別れの言葉の後半は、意識が遠のいて、よく聞こえなかった。

「ちゃんとあったかい服着た？　忘れ物ない？」

「あんまり……すぎると……警察……不自然に思われる……」

「お父さん…………どう？」

「もう……落ちる………」

　鞠子と武広と秀美、親子三人の会話が、どんどん小さく、途切れ途切れにしか聞こえなくなっていった。視界も薄れていき、ただでさえ暗い部屋が真っ暗になっていった。

　そしてとうとう、完全に意識が途切れた。

　次に駿真が目を覚ました時、周囲は見渡す限り、ごおごおと燃える炎と、真っ黒な煙だった。それ以外は何も見えなかった。

　熱い。全身が熱い。なんとか逃げなければと、倒れた体勢から立ち上がった瞬間、上半身の服が一気に燃えた。そして、イケメンと称されていた顔面も、とてつもない熱とともに燃え上がった。焼き肉屋の店内のような、じゅうじゅうと肉が焼ける音が、鼓膜のすぐ近くから聞こえる。自分の顔が焼ける音だ。

　本来なら脊髄反射で体を遠ざけるべき、凄まじい熱。しかし今、駿真はどこへ移動してもその熱に包まれている。地獄だ。これぞ地獄だ。思わず顔を手で覆っても、その手も腕も瞬く間に燃え上がる。猛烈な熱。今感じられるのはただそれだけ。ぎゃあああっと叫びたくなるほどの、桁外れの火傷の激痛。しかし声すら出ない。すでに気道も声帯も焼けただれているのか。体の表面も内部もどんどん焼かれていく。駿真はただ手足をばたつかせ、地獄そのものの激烈な痛みに悶え苦しむしかなかった。

ぱちぱちと耳たぶが燃える音の向こうから、「駿真君！　駿真君！」と叫ぶような声が、微かに聞こえた気がしたが、気のせいだったかもしれない。

駿真の体が倒れた。自分の意思で倒れたわけではなかった。もう立っていられなくなったのだ。受け身もとらずに倒れたが、そんな些末な痛みは、全身がじゅうじゅうと焼け焦げていく極限の激痛の中では感じられない。体がぎゅうっと縮まっていく。焼死体はボクサーのような体勢になるのだと、完全犯罪の計画を立てている間にネットで学んだが、今まさにそれが我が身に起きつつあるのだと駿真は自覚する。

まさに地獄の業火の中、意識を失う直前に駿真が考えたのは、理沙のことだった。

まずい。この計画が知られていたということは、鞠子たちは、殺したはずの理沙が実は生きていることも知っているかもしれない。俺を殺した凶悪犯のあいつらは、今度こそ本当に理沙を殺しに行くかもしれない。頼む、逃げてくれ理沙。お前だけでも逃げてくれ――。

25

朝八時前、冬川理沙は目を覚ました。

こんな夜にも安眠できてしまったことに、自分でも呆れる。

やっぱり私には、人並みの感情というものがないのだろう。子供の頃に捨てたまま、もう取り戻すこともないのだろう――。理沙は改めて自覚した。

まあ、無理もない。感情なんて持っているから面倒なのだと、悟ってしまうほどの子供時代を送っていたのだ。学校もろくに通えずに働かされ、深夜までの撮影もざらだった。実質フリーターだった両親にとって、奇跡的な可愛さで子役のオーディションに合格した理沙は、金の卵を産む鶏だった。卵を限界まで産むことを強いられた。

しかし、理沙が稼げば稼ぐほど、両親の喧嘩は増えていった。泣いて止めに入ったことも何度かあるが、その都度とばっちりを受けて殴られたので、いつからか感情を捨てるようにした。大喧嘩の末に母が包丁を持ち出し、父の腕を切りつけ、流血しながらどうにか包丁を奪い取った父が、母の顔面を気絶するまで殴り続けた光景は今でもよく覚えている。たぶんあれが最も激しい夫婦喧嘩だっただろう。もっとも、あの修羅場を見た時の理沙はもう、壁の陰に隠れてじっと観察するだけで、止めにも入らなかったが。

あの家庭環境で育ったことによって、理沙はまともな感情を失った。

淡々と仕事をして金を稼ぎ、自分以外の人間は誰も、心から信用することはない。

男に求められたらセックスはする。そうすれば相手は自分を悪いようにはしない。でも、愛情なんてものは抱かない。——十代後半からはもう、その生き方を身につけていた。

麻薬を覚えてしまったのは失敗だった。二十歳の頃にちょくちょくセックスをするようになった映画監督に勧められ、使っているうちにハマってしまった。あれを知らないまま生きていれば、逮捕されることも、仕事を失うこともなかった。

逮捕されるのはもうこりごりだ。留置場や拘置所は、寒いし寝心地は最悪だし風呂もろくに入れないし、本当に苦痛だった。自分にはまともな感情が全然ないわけではなく、自由を奪われることに対しては大きな不快感を覚えるのだと自覚できたことは、逮捕されたことで得た数少ない収穫だったかもしれない。

それに、麻薬を覚えなければ、必然的に駿真に大麻を勧めることもなかった。彼に人生を踏み外させることもなかったはずだ。

堂城駿真——理沙と体を合わせた男たちの中の一人にすぎない。ただ、最も理沙を好きになってくれた男ではあったのかもしれない。それに、理沙が逮捕されてから連絡をくれた男は、駿真だけだった。

逮捕後、長年CMに出ていた鶴肌化粧品の契約を打ち切られ、違約金が発生した上に、「違約金の半分は事務所が持ってやるけど、その代わりもうお前を所属させておく気はない。長年起用してくれたスポンサーさんを裏切るなんて話にならない」と社長から直々に言われ、事務所を解雇されてしまった。まあ仕方ない。逮捕まで売れっ子だったならまだしも、近年は明らかに仕事が減っていたし、それでも十年以上にわたってCM契約を続けてくれていた鶴肌化粧品を裏切ったのは事実だ。理沙は解雇通告を受け入れるしかなかった。

違約金の支払いで貯金がほぼなくなり、新たに仕事を得られる見込みもなく、このままでは路頭に迷うのは必至。そんな中、実家の母親からメールがあった。

『何してるんだ馬鹿。芸能界引退して生活できないなら帰ってきなさい』

シンプルな文面。それを読んで、親のありがたみが心に染み……たりはしなかった。

子供の頃に、違法な環境で理沙を搾取し続けた、いわゆる毒親だ。頼る気にはならなかった。親としての責任感でメールしてきたのかもしれないけど、怪しいところだ。行き場を失った理沙を使って、久しぶりに金儲けを企んでいるのかもしれない。それこそ風俗店に売るぐらいのことは考えていてもおかしくない。そんな親なのだ。

母のメールを無視して過ごしていると、数日後、今度は駿真から久々のメールがあった。

駿真は理沙のマンションに来てくれた。昔のよしみで来てくれて、多少お金でも恵んでくれたらいいな……なんて思っていたけど、駿真の話の内容は予想を大きく超えていた。

「こう言っちゃなんだけど、金に困ってるよな？　正直、俺には今、金がある。知っての通り、鞠子と結婚して再ブレイクしたからだ。ただ、実はあれには理由があって……」

それから駿真は、思いもよらぬ告白をした。

駿真が、自分のファンである鞠子の求婚を真に受けて結婚した――という、世間で話題になったエピソードは真っ赤な嘘で、本当は駿真は、大麻バーからの帰りに路上で寝ていたお爺さんをひき逃げしてしまい、その現場を偶然撮影していたファンの鞠子に脅されて、結婚させられたというのだ。

理沙は子役時代から、芸能人の公になっていないスキャンダルやゴシップなどもさんざん見知ってきて、多少のことでは驚かない自信があったけど、駿真の告白にはさすがに驚いてしまった。しかも、駿真はそれがきっかけで再ブレイクを果たしたのだ。こんな波瀾万丈の芸能人生は前代未聞だろう。

駿真は、その驚くべき告白の後で、理沙に申し出てきた。

「俺の愛人になってほしい。愛人っていっても、前と同じようにしてくれたらいい。まあ、一緒に大麻をやるのはもうやめた方がいいけど……。とにかく、今後も俺と会ってくれたら、ちゃんと金を渡して、生活できるようにするから」

要は、駿真との肉体関係を再開する見返りに、お金を渡してくれるということだった。

まあ、毒親の待つ実家に帰るよりはよっぽどましな提案だったので、理沙は「うん、分かった。じゃ、駿真の愛人になる」と承諾した。

実家に帰ったら、もう理沙に自由はなくなるだろうし、毒親との同居は相当なストレスだ。一方、駿真の愛人になるだけだったら、一人の時間は自由だし、駿真とのセックスも特に苦痛ではない。そもそも駿真は、セフレでいられた程度には好感が持てる男なのだ。まあ、大麻使用後のセックスが格別に気持ちよかったから、それができない今はそこまでしたいわけでもないけど、見返りに生活費をくれるなら全然ＯＫだった。

駿真は喜んでいた。その日にさっそく理沙を抱いて三回もしたし、それからも時間ができるたびに理沙の部屋を訪れては、「大好きだよ」「本当にありがとう」などと嬉しそうに言いながら、理沙の体に夢中になっていた。理沙は、そんな駿真に愛情を抱くことは特になかったけど、一括で二百万円振り込んで、当面は困らない生活費を恵んでくれた相手になら、「私も大好きだよ」なんて返してあげるぐらいのサービスはしてやった。

ところが、すぐに問題が起きた。理沙への送金が、駿真の妻の鞠子にバレたというのだ。

しかも、そこで駿真から「理沙が脅したことにしてほしい」と頼まれたのだった。

駿真に言われるまま、『私があなたのこと週刊誌とかにしゃべったら終わりだよね。それが嫌ならお金ちょうだい。いっぱいもらってるのは知ってるから笑』という内容の脅迫状も書いたものの、さすがに少し心配になって、理沙は駿真に尋ねた。

「こんなことして、面倒なことにならない？　それこそ、私が恐喝で捕まったり」

しかし、駿真は自信ありげに返した。

「理沙に本当に暴露されたら終わりだ、金で済むならその方がマシだ——って、俺が鞠子を説得するから大丈夫だよ」

とりあえずは、駿真の自信を信用して、言う通りにした。

でも、そしたら案の定、さらに面倒なことになった。鞠子が、理沙を殺す計画を立て始めたというのだ。

ただ、駿真はそこで、さらに大胆な計画を立てた。大芝居を打って、理沙を殺したふりをして、鞠子を騙し抜くという計画だった。

理沙が堂城家を訪れ、毒を飲まされて苦しむ芝居をしながら、赤ちゃんを大泣きさせる。その声が隣近所に不審に思われたらまずいから、外に出て赤ちゃんを泣き止ませるよう鞠子に指示する。駿真が理沙を絞殺する芝居を鞠子に対して見せつつ、鞠子がいなくなった隙に、理沙そっくりの人形を偽死体として組み立てて、理沙はクローゼットに隠れる。駿真たちが偽死体を埋めに行ったら、理沙は堂城家を出て帰る。――そんな計画が本当にうまくいくか怪しいところだったけど、こうなったら駿真にとことん付き合ってやろうと思った。人生が死ぬまでの暇つぶしだと思えば、こんな面白い経験はない。それに、もしこれもバレて面倒臭くなりそうだったら、駿真に愛人関係を持ちかけられたことも鞠子に白状して、理沙だけ計画を降りてしまえばいいと思った。

でも、計画は見事に成功した。駿真がこんな大それたことをしてまで理沙との愛人関係を続けたいのだということは、よく分かった。

それから、駿真は大胆にも、自分の家族の引っ越しと同時に、同じマンションに理沙を住ませるという大技を繰り出した。理沙としては、ありがたい話だった。部屋のグレードは少し下がったものの、家賃が完全に駿真持ちでゼロになるのは、ありがたい話だった。

引っ越しも無事に済み、同じマンション内で駿真の愛人として暮らす生活が始まった。

ところがそこで、またまたアクシデントが起きてしまった。もっともこれは、駿真は知らないアクシデントだ。

理沙と鞠子が、鉢合わせしてしまったのだ。

子育て中で早寝早起きの鞠子と、夜型の理沙がばったり出くわすことなんてまずない。鞠子は夕方以降はまず外出しないから、その時間なら理沙が外に出ても大丈夫。――なんて駿真は言っていたし、理沙もそれで納得していたけど、たまには例外だって起きる。駿真がドラマの地方ロケで家にいなかった夜、残り少なくなっていたミルクを買いに出かけた鞠子と、コンビニに出かけた理沙が、マンションの前でばったり鉢合わせしてしまったのだ。

鞠子は理沙を見て「えええっ⁉」と腰を抜かさんばかりに驚いていた。たまたま周囲に人がいなくてよかった。いたら一斉に注目を浴びてしまっただろう。

「なんで……生きてる……んですか？」

驚きすぎて息も絶え絶えといった感じで尋ねてきた鞠子に、理沙は正直に打ち明けるしかなかった。殺されて埋められたはずの自分が生きている理由なんて、とっさの嘘で取り繕えるレベルではなかった。

「実はあの時、本当は毒なんて飲んでなくて、私と駿真君のあれは全部芝居で、駿真君が私そっくりの人形を用意してて……」

そして、鞠子と結婚する前から駿真とは肉体関係があったこと。逮捕後に理沙の仕事がなくなってから、駿真に愛人契約を持ちかけられて、それに応じたこと。今は同じマンションの別の部屋に住んでいるから、愛人関係は写真週刊誌にもバレそうにないこと。――他人に聞かれないように声を落としながらも、理沙は洗いざらい打ち明けた。

鞠子が逆上してもおかしくない話だったけど、閑静な夜のマンションの玄関前では、鞠子も声を荒らげたりはできなかった。何度か他の住人が通りかかったら話を中断して、傍から見たら、住人同士の少し遅い時間の立ち話にしか見えなかっただろう。

理沙の話をすべて聞き、鞠子は悩んだ末に言った。

「そんな大それたことをするほど、駿真は理沙さんのことが忘れられなかったんだね……。駿真がそれで満足なら、私はそれでいいです。これからも駿真をよろしくお願いします」

鞠子は丁寧に頭を下げた後、さらに続けた。

「もし嫌じゃなかったら、体の関係は続けてもらっていいかな。嫌だったら全然いいんだけど、やっぱりあの人は、私じゃ満足できないんだと思うから。……あ、それと引き換えにお金をもらうことで、理沙さんが商品化されてるみたいな、そういう嫌な気持ちになるならあれだけど」

鞠子はたぶん、売春のような形になることが理沙のプライドを傷付けているのではないかと、気を回して言ったのだろう。でも理沙には、プライドなんてものはずいぶん前から存在していなかったので「いえ、全然大丈夫です」と返した。

とりあえず、緊急事態が難なく片付いて、理沙はほっとした。鞠子はすべて知っていて、駿真とはそのまま体の関係を続ければいい。それだけなら気楽だった。

こうして理沙は、鞠子公認の愛人となった。

そうなると不思議なもので、徐々に理沙と鞠子の仲が深まっていった。ＬＩＮＥを交換し、時々やりとりするようになった。大麻で捕まるまでずっとＣＭをやっていた鶴肌化粧品の美肌パックも、以前送られた物が部屋に大量に余っていたので、鞠子にあげた。鞠子も愛用するようになったみたいだった。

駿真が仕事で不在の時に、堂城家に上がって息子の煌と遊んだり、鞠子の手が離せない時にＬＩＮＥで買い物を頼まれたり、そのお礼に鞠子の少々脂っこい手料理をお裾分けしてもらったり……いつしか鞠子と理沙は、駿真の知らないところですっかり打ち解けていた。

ただ、理沙がある時、「こうなったら駿真に全部教えてもいいんじゃない？」と言ったら、鞠子は涙をこぼしながら返した。

「全部教えちゃったら、駿真はきっと、理沙さんと過ごす時間を長くしたいと思うはず。仮面夫婦としてテレビに出るだけで、もうこの部屋には帰ってこなくなる。私にはそれは耐えられない。駿真とは一秒でも長く一緒にいたいの。たとえその間、駿真がずっと理沙さんのことを思っていたとしても」

理沙はいたたまれず、何も言葉を返せなかった。

ともあれ、この関係が当分続くのだろうと思っていた。駿真も、それで満足しておけばよかったのだ。

なのに彼は、せっかく維持できていたバランスを、自らぶち壊してしまった。

「鞠子とその両親と煌を殺して、理沙と一緒になりたい」なんて言い出したのだ。

「冬場にあいつの実家で火事を起こせば、この計画はきっと成功する。恐ろしいほど条件が整ってるんだよ」

鞠子の実家の構造から、ストーブ火災に見せかければ一家全員を殺せる、などという詳細な話まで、駿真は理沙に聞かせてきた。

「俺だけが一人で逃げたら、さすがにイメージが悪いし、警察にも疑われると思う。だから、ガキだけ抱えて逃げようとしたけど途中で落としたことにする。さすがに、赤ん坊を俺一人で育てていくのは大変だからな。俺だって嫌だし、理沙も嫌だろ？　それから何年か経ったら、俺たち一緒になろう」

さすがに聞き捨てならなかった。「ちょっと考えさせて」と保留して、翌日駿真が出かけたところで、すぐ鞠子に報告した。

さすがに鞠子も、理沙の密告を聞いて、電話口で泣いていた。ひとしきり泣いた後、彼女は言った。

「次に駿真が来た時、もしできたら、その話を振って録音しておいてくれない？　私も後で聞きたいから」

理沙はその頼みを了承した。たしかに鞠子としては信じたくないだろうし、もしかしたら駿真が、さすがに良心を取り戻して翻意するかもしれない。

後日、駿真がまた部屋に来た時に、理沙は「あの話だけど、本当にやるつもりなの？」と言って、鞠子に頼まれた通り、こっそりスマホで録音した。

すると駿真は、むしろ明るい表情で語り出した。

「ああ、たぶん正月がいいと思うんだ。俺一人だけこっそり起きてやれば、絶対成功するはずなんだよ。カフェインの錠剤ってのがあってさ、この前、試しに飲んでみたらマジで効き目抜群で、あれを使って俺だけ起きて、一階のストーブに洗濯物を落として火事を出せば、鞠子と両親とガキをいっぺんに片付けられるから……」

これはもう、おしまいだ――。理沙は話を聞きながら確信した。

駿真が、理沙ならこの話に乗ってくるだろうと思っているのも不本意だった。荒(すさ)んだ子役時代を送った影響で人並みの感情がない、という話は、たしかに駿真に何度かしたことがあったけど、だからって放火殺人で四人も殺すことに納得すると思ったら大間違いだ。理沙を愛人にした以上、自分に付き従うに決まっていると、駿真は確信していたようだけど、これは見限るしかなかった。

理沙は、駿真に対しては、その計画を了承したように見せかけて、その録音音声を鞠子に聞かせた。その結果、鞠子が出した結論は、駿真を返り討ちにすることだった。

「駿真への気持ちは一気に冷めた。もう私の愛した駿真じゃない。これじゃ殺すしかないわ。きれいに終わってもらわないと、私たちの今後も大変になっちゃうから、駿真がお膳立てした状況を、そのまま使うしかないかな」

鞠子は、悲しみを通り越した様子でさばさばと語った。理沙も賛成だった。その日から、駿真の計画に気付いていないふりをして、駿真が最後まで心変わりしないようだったら返り討ちにするという計画が進んでいった。鞠子の両親も、もちろんショックは受けながらも、鞠子を守るために決断したらしい。

その返り討ちが決行されるとしたら、大晦日の夜から元日の未明にかけて——つまり昨晩だと聞いていた。

眠れなくてもおかしくない夜に、理沙はぐっすり眠れてしまったのだった。

枕元のスマホを見ても、着信もＬＩＮＥもない。どうだったのかな、うまくいったのかな、もし駿真が心変わりして全部中止になったのならいいんだけど……なんて思いながら、しばらく経ったところで、スマホが鳴った。

鞠子からの着信だった。すぐ理沙は電話に出た。

「ごめんね、警察に事情聞かれたり、色々してるうちに遅くなっちゃって」

鞠子は、いつも理沙に接している通りの、優しい口調で言った。

「無事に成功した。駿真は片付いた」

——つまり、駿真は返り討ちに遭って殺されたということだろう。

「そう、よかった」理沙は答えた。「これから大変だろうけど、頑張ってね。私にも手伝えることがあったら言ってね」

「うん、ありがとう。じゃ、また連絡するね」

鞠子はそれだけ言って、短いやりとりで電話は切れた。

堂城駿真は予定通り殺された。まったく哀れな男だった。理沙は元々嫌いではなかったけど、こんな最期になってしまったのは自業自得以外の何物でもない。妻と家族を殺そうなんて考えなければ、駿真は順風満帆の俳優人生をこれからも歩むことができたはずなのだ。

理沙は今、つくづく思う。

駿真は、鞠子を愛してしまえればよかったのだ。そうすれば死なずに済んだのだ——。

ひき逃げを目撃したのに黙っていてくれて、再ブレイクのきっかけを作ってくれて、自分の子供を産んでくれて、ずっと家事育児をしてくれる。――そんな鞠子は、まさに駿真にとって幸運の女神だったはずだ。脅されて結婚したことを差し引いても、もはや恩人じゃないか。そのことに気付いて、鞠子と相思相愛になってしまえばよかったのだ。

なのに駿真は、どうしても愛の対象を、容姿でしか決められなかったらしい。そして、鞠子では満足できず、理沙に浮気し、最終的に鞠子の親も子も殺すという、常軌を逸した結論に至ってしまったのだ。愚かとしか言いようがない。

理沙が駿真の愛人になって、彼とセックスをした後で、一度こんな質問をしてみたことがあった。

「もし、奥さんの見た目が私そっくりだったら、ひき逃げしたのを撮られて、脅されて結婚したとしても愛せてた？」

すると駿真は、こう即答したのだ。

「そりゃ最高だろ。逆にこっちからプロポーズしてたかもしれないよ」

つまり駿真は、自由な意思に基づいて結婚できなかったことが嫌だったわけではなく、鞠子の容姿が嫌だっただけなのだ。

鞠子の容姿を醜いと思ってしまう、その価値観を捨ててしまえば、あるいはそんな価値観が最初から備わっていなければ、誰も不幸にならずに済んだのだ。まさに駿真が、世間に対して偽っていた通りの、女性を見た目で選ばない、中身のみで選ぶ人だったら、彼は死なずに済んだのだ。

まったく馬鹿馬鹿しい死に方だ。要するに駿真は、ルッキズムのせいで死んだのだ。

「目が細くて肥満体の女性は不美人」なんて、たかだか百年程度の間に、勝手に定着してしまった価値観にすぎないのに。そんな価値観を持ち続けてしまったせいで、命を失うことなんてなかったのに。

目が小さいと不美人、太っていたら不美人——そんな価値観は日本には元々なかったのだという話を、「みなさまの放送協会」の略でおなじみの公共放送MHKの番組で、前に見たことがある。浮世絵などに描かれている美人がそうであるように、昔の日本における美人の目は、むしろ切れ長で小ぶりだったし、ふくよかな体型もまた、昔はむしろ魅力的とされていたらしい。

実際、アフリカでは今も、ふくよかな女性の方がモテると聞く。まあアフリカといっても、何十カ国もある大陸だから、どの国でも同じ価値観ということはないだろうけど、アフリカ出身の男性が「どっちの女性が好みですか？」と、日本の細身のモデルと太った女芸人の写真を並べて尋ねられた時に、大多数が太った女芸人を選んだというバラエティ番組の一場面も、前に見たことがある。つまり昔の日本や、また今でも世界の一定の地域では、鞠子はむしろ美人に該当する容姿のはずなのだ。

同時に、理沙が今の日本で美人女優として扱ってもらえていた理由も、勝手に美人ということになってしまっていた、というだけにすぎないのだ。これもさっきのＭＨＫの番組で見た情報だけど、明治時代以降、欧米の影響で「二重まぶたで大きな目、高めの鼻、スリムな体」が美人だという価値観が、日本でも定着してしまったらしい。理沙を含め、今美人とされている人も、たまたまその基準に当てはまっているだけなのだ。

時代とともに、なんとなく決まってしまっただけの価値観。それに縛られてしまう大多数の人々。言ってしまえばみんな、思い込みが激しいだけ、固定観念に凝り固まっているだけだ。もちろん、そんな大多数の人たちに、美形の俳優として扱ってもらったおかげで、理沙も駿真も芸能界で稼ぐことができたのだけど。

駿真は結局、その価値観にどっぷり浸かりきって、そこから出てみようなんて考えることすらできなかった。そのために鞠子を愛することができず、鞠子たちを殺そうとして、返り討ちに遭って死んでしまった。

とはいえ、鞠子もまた、その価値観に基づいて、駿真を好きになったという点は否定できないだろう。それでもやっぱり、こんなおかしな、馬鹿馬鹿しい、しょうもない固定観念のせいで、人が不幸になって、あげくの果てに死人まで出るなんておかしい。狂っている。今すぐやめた方がいいに決まっている。理沙にはそう思えてならない。

こんな愚かな、狂った世界で生きていてもしょうがない。――そう思えてしまうことも、理沙には頻繁にある。

それでも、じゃあ本気で自殺するとなったら、痛いし苦しいのは間違いない。そこまで気合いを入れて死んでやろうという気も起きない。となると、人生は死ぬまでの暇つぶしだと割り切って、ごまかしながら生きていくしかないのだろう。

これで理沙と鞠子は、ほぼ共犯のようなものだ。そうなった以上、鞠子は今後も、理沙と付き合いを続けてくれるだろうし、一定の生活費を支給してくれるだろう。鞠子も「駿真を殺した後も、お金のことは当分心配しなくていいからね」と理沙に言ってくれていた。まあ理沙だって、生きていればいずれ働き口があるだろう。そんなに悲観はしていない。

駿真が鞠子に殺されたということは、警察にバレるだろうか。万が一バレても、理沙は主体的に共謀したわけではないし、たぶん逮捕されるようなことはないだろう。鞠子も「理沙さんは巻き込まないから」と言っていたし、たぶん大丈夫だろう。

まあ、この愚かな世界を生きていれば、いろんなことがある。子役時代から波瀾万丈の人生を送ってきた理沙は、堂城駿真という近しい人間の死ですら、ことさら動揺せず受け止めることができてしまった。そして、すぐ二度寝できてしまった。たぶんもう、何が起きても動揺することはないのだろう。

さすがに理沙も、自分の図太さに呆れた。

26

『俳優・堂城駿真さん（33）火災で死亡　妻・鞠子さん悲痛』

そんなテロップが出ているテレビ画面の中で、ワイドショーの司会のアナウンサーが、悲しげな顔を作って語る。

「というわけで、年明け早々、とても痛ましいニュースが飛び込んできてしまいました。俳優で、バラエティ番組でも活躍していた堂城駿真さんが、元日の未明、帰省していた妻の鞠子さんの実家で火事に遭い、三十三歳の若さで亡くなってしまいました。あまりにも突然の訃報に、芸能界には大きな悲しみが広がっています」

スタジオのコメンテーターたちも一様に悲しげな顔を作って、大きくうなずいている。このワイドショーの新年一発目の放送ということで、スタジオセットには正月飾りなども入り、本来はもっと明るい内容の放送になるはずだったのだが、さすがにこれほど重大な芸能ニュースが入ってしまった以上、トップで取り上げないわけにはいかなかった。出演者全員がうつむき加減で「セットの正月飾りも取った方がよかったんじゃないかな、苦情来ないかな」なんて心配をしながら、生放送に臨んでいる。

「堂城駿真さんといえば、奥様の鞠子さんとの、異例の馴れ初めが有名でしたね」司会のアナウンサーが語る。「駿真さんの大ファンだった鞠子さんが、路上で駿真さんに声をかけて、初対面なのに思い切ってプロポーズしたところ、なんと駿真さんがＯＫして、そのまま結婚したというエピソード。これが大きな話題になりました。第一子の男の子も生まれ、幸せの絶頂だったさなかの、まさかの悲劇ということで……。いや、田中さん、これは本当につらいですねえ」

「本当に、こんなつらいニュースはないですよね」女性コメンテーターが目元を拭う。

「堂城駿真さんは、家族を全員避難させたところで、炎にまかれてしまったということなんですが、現場の近所の方に取材したところ、妻の鞠子さんが『駿真君！　駿真君！』と、泣きながら夫の名前を何度も叫んでいたということです」

「ああ……察するに余りありますね」

別の男性コメンテーターも、今にも泣き出しそうな表情を作る。

「芸能界からも、続々とコメントが届いているということで……それでは、堂城駿真さんの追悼のVTRをご覧ください」

映像が切り替わる。まずは、駿真が二年ほど前のバラエティ番組で、ウルトラライダーの変身ポーズをしてから「どうも、みんなのヒーロー、堂城駿真です」と挨拶したワンシーンの映像が流れる。

それから、このワイドショーで有名人の訃報を伝える際に使い回しているBGMをバックに、ドラマやバラエティ番組での堂城駿真の映像がいくつか流れた後、事前に収録したアナウンスが流れる。

「堂城駿真さんの突然の訃報に、芸能界からも悲しみの声が続々と上がっています。まずは、俳優の黒川達貴さん」

このワイドショーを放送しているテレビ局の、二夜連続新春特別ドラマのポスターが後ろの壁に貼られたスタジオで、その主演を務める黒川達貴が、整った顔を悲しげにうつむかせてコメントする。

「本当に残念です。ウルトラライダー俳優の先輩として、ずっと尊敬して、背中を見続けてきたんで」うつむいて一呼吸置いてから、さらに語る。「初めて現場でお会いした時、最初は緊張して話しかけられなかったんですけど、堂城さんの方から気さくに話しかけてくれました。堂城さんの結婚の後も一回共演したんですけど、奥様のことを愛してるのがすごく伝わってきたので……奥様の無念を思うと……本当につらいです」

黒川達貴は、眉間に皺を寄せ、声を詰まらせる。ただ涙は少しも出ていない。実際は黒川達貴は堂城駿真の死をさほど悲しんでおらず、「ああ死んじゃったんだ、かわいそう」程度の感想しか持っていなかったが、この会見では、カメラの前で泣いた方が好感度が上がるかなと瞬時に判断して、涙を流そうとしてみたのだった。だが、ドラマの泣くシーンでも目薬必須の演技力しか持ち合わせていない黒川達貴に、そんな芸当は不可能だった。——という真実は、黒川本人以外は知るよしもない。人気イケメン俳優がうつむいて声を詰まらせたその様子は「涙をこらえていた」という好意的なとらえ方で処理された。

「続いて、ドラマで共演したことのある、俳優の大林隆明さん」

ナレーションの後、画面に登場したのは、激減した仕事量がようやく底を打った感のある、大林隆明だった。

花村美雪とのおしどり夫婦ぶりが一転、大林の不倫が発覚してすぐ離婚に至り、夫婦で共演していたキヨタのグランダのＣＭを堂城夫妻に明け渡した。堂城駿真は、それがきっかけで俳優として再浮上した感があったので、いわば大林隆明は恩人とすらいえた。でも、そのことを面白おかしく自虐ネタにすることなど、駿真の突然の訃報に対するコメントで許されるわけがないので、大林隆明は沈痛な表情を作り、言葉を絞り出すように語った。

「妻と娘たちを裏切ってしまった私と違って、堂城君は本当に、奥さんとお子さんを大事にされてたんでね。これからもっと幸せな生活が待っていたはずなのに、こんなことになってしまって……。それも、家族をみんな助けた後で、彼だけ亡くなってしまったというのは、彼の優しすぎるほどの人間性を表していて……本当に、残念でならないですね」

大林隆明は、カメラの前で大粒の涙を流した。やはり本心ではそこまで悲しんではいないのだが、地に落ちた好感度をどうにか上げるために涙を流してみせる程度の演技力は、さっきの黒川達貴と違って備わっていた。

その後、ドラマや映画で共演した俳優や、バラエティ番組で共演した芸人など、そこそこ豪華な何人かの芸能人の、堂城駿真への追悼コメントが流れた後、VTRの締めにこんなアナウンスが流れた。

「亡くなった堂城駿真さんは、昨年放送された『マメトーク』の『愛妻家芸人』の回で、こんなことを話していました」

映像が切り替わり、『マメトーク』の一場面が流れる。

「僕、妻と息子のためなら死ねますよ」

駿真のその一言で締め括られた映像の後、画面がスタジオに切り替わる。

「いや、妻と息子のためなら死ねますって……これがまさか現実になってしまうとはねえ、悲しすぎますよ」

　司会者が目を潤ませながら言う。コメンテーターたちも何人か落涙している。まさか堂城駿真が本当は、家族全員を殺そうとして返り討ちに遭ったなんて、このスタジオの中の誰も想像すらしていない。

　ひと通り駿真の死を悼(いた)み終わった後で、アシスタントの若手アナウンサーが、やはり沈痛な表情を作って言った。

「そして、つい先ほど、奥様の堂城鞠子さんが、記者の前で質問に答えてくれました」

　実際は、数時間前に撮影された映像で、編集もとっくに済んでいるのだが、あたかも速報かのような前置きをアナウンサーがしてから、また画面が切り替わる。

　そこに映るのは、正月早々駆り出された記者たちを前にした、堂城鞠子だった。

　アルサック生命のCMをやって本当によかった。死亡保険金一億五千万円は大きい。もちろん駿真の貯金もあるし、なんといってもマンションという資産がある。今後の生活はどうにかなるだろう。すべてを知っている冬川理沙のことは、今後も丁重に扱わなくてはいけないけど、彼女もいつまでも無職でいたいわけではないだろうし、マンションの部屋を当面与えてあげれば十分だろう――。そんなことを冷静に考えながらも、表向きは憔悴したふりをして、鞠子はカメラのフラッシュを浴び、うつむきながら語り出す。

「駿真君が、最初に火事に気付いて、まず私と息子を起こして逃がして、そのあと、隣の部屋で寝てた両親も助けてくれたんです。でも、まだ大丈夫そうだって言って、燃える家の中に戻って、荷物まで取りに行こうとしてくれて……今思えば、あの時に絶対止めるべきだったのに……」

言葉を詰まらせ、両目から大粒の涙を、最高のタイミングで落とす。もはや鞠子の演技力は、生前の駿真よりも数段上だった。一斉にカメラのフラッシュが焚かれる。報道陣も何人かもらい泣きして、ああ、という悲しげなため息が漏れる。

「駿真君がいつまでも家から出てこなかったので、何回も大声で名前を呼んだんですけど、返事がなくて……警察の人に聞いたら、たぶんその時にはもう煙を吸って、意識を失ってしまったんだろうって……」

妻の実家で、ストーブの上で洗濯物を干すという不用意な行動によって発生した火災で、人気俳優が死んだ。――そんな筋書きである以上、鞠子と両親が今後、多少の批判にさらされることは予想できた。だから、家族全員が避難したのを確認した後で、駿真が独断で燃える家の中に戻ってしまった、ということにして、少しでも批判を減らそうという狙いが鞠子にはあった。

「本当に、本当に駿真君は……」

鞠子はそこまで言いかけて、いったん声を詰まらせた後、正面のカメラを見据えて、再び大粒の涙を流しながら、改めて言い直した。

「駿真君は……私たち家族みんなのヒーローでした」

鞠子が両手で顔を覆う。また一斉にフラッシュが焚かれる。

その両手の中で、鞠子が密かに笑みを浮かべていることには、報道陣も視聴者も、誰一人気付けるはずがなかった。

この作品は書き下ろしです。原稿枚数387枚（400字詰め）。

幻冬舎文庫

●最新刊
往復書簡　限界から始まる
上野千鶴子
鈴木涼美

「上野さんはなぜ、男に絶望せずにいられるのですか?」。女の新しい道を作ったフェミニストと、その道で女の自由を満喫した作家が互いに問う女が生きる現実。人生に新たな光をもたらす書簡集。

●最新刊
全員がサラダバーに行ってる時に全部のカバン見てる役割
岡本雄矢

どんな出来事も、詠むと「不幸短歌」になってしまうという著者が、誰にでも日々起こりうる小さな不幸を、ほろ苦さとおかしみの漂う短歌とエッセイで綴る。とびきりの「トホホ」を堪能あれ!

●最新刊
J　寂聴最後の恋
延江　浩

二人が出会った時、Jは八十五歳。有名作家であり尼僧。人生最後の恋の相手は、母袋晃平、IT企業を経営する三十七歳。〈老いの自由〉を描く痛切な純愛小説。

●最新刊
白鳥とコウモリ　(上)(下)
東野圭吾

遺体で発見された、善良な弁護士。男が殺害を自供し、すべては解決したはずだった。「あなたのお父さんは嘘をついていると思います」。被害者の娘と加害者の息子が、〝父の真実〟を追う長篇ミステリ。

●最新刊
吉祥寺ドリーミン　てくてく散歩・おずおずコロナ
山田詠美

日々生まれては消える喜怒哀楽、コロナ禍下の人間模様など、気付かないうちに時代に流され忘れてしまう大切なものたちを拾い集めたエッセイ集。雑誌連載「4 Unique Girls」を追加した増量版!

みんなのヒーロー

藤崎翔（ふじさきしょう）

令和6年4月15日　初版発行

発行人――石原正康
編集人――高部真人
発行所――株式会社幻冬舎
〒151-0051東京都渋谷区千駄ヶ谷4-9-7
電話　03(5411)6222(営業)
　　　03(5411)6211(編集)
公式HP　https://www.gentosha.co.jp/
印刷・製本―図書印刷株式会社
装丁者――高橋雅之

幻冬舎文庫

ISBN978-4-344-43375-5　C0193　　ふ-40-1

この本に関するご意見・ご感想は、下記アンケートフォームからお寄せください。
https://www.gentosha.co.jp/e/